三國風雲之曹賊

卷之玖

河一天誅血戰

庚新 著
超合金叉雞飯 繪

卷玖

目錄

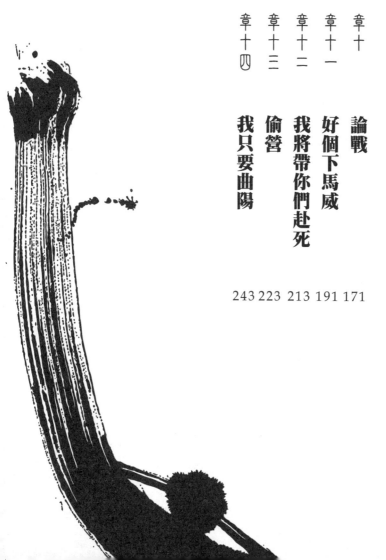

人物

章一 紅豆相思

李景生前是一個美男子！

由於他是暴卒，所以連靈堂都還未準備好，屍體靜靜的安置在一間偏房。曹朋煞有其事的上前行禮，同時仔細的打量了幾眼，然後走出廂房，向李夫人告辭離去。

「阿福，你怎麼了？」在回去的路上，黃月英忍不住輕聲問道。

「李逸風不是心疾暴卒，而是被人毒殺。」

「啊？」

「這個李夫人也有古怪。丈夫剛死，便急著變賣家產，想要離開吳縣……這裡面一定有貓膩。」

「什麼叫貓膩？」

「呃，就是古怪……」

「也是中陽山的方言嗎？」

「呃，算是吧。」

曹朋發現，不管是古代還是未來，女人們扯東扯西的本事同樣強大。本來在討論李景之死，怎麼這一眨眼，就變成了討論方言？看著黃月英一副好奇的模樣，曹朋也頗感無奈。

不過，由此也看得出，黃月英對這種陰謀詭計之類的事情並不是很喜歡。

曹朋沒有就這個問題再討論下去，只是這心裡面，卻存了一個抹滅不去的疑問。

先把黃月英送回了葛府，在臨別之前，曹朋道：「月英，我明天可能無法陪妳了……我要隨休若先生去華亭，參加一場婚宴。」

「那要多久？」

「估計需兩、三日吧。」

「嗯……你早點回來，我爹這兩天好像有意要離開，我擔心……」

曹朋心裡咯登一下，下意識的握緊黃月英的手，好像害怕她一離開，兩人從此再也無法相見。

「那我和先生說，我不去了！」

「不可以……大丈夫當以事業為重，既然休若先生讓你陪同前來，一定是有要務。這兩天你一直陪著我，也沒有好好做事。如果明天再推辭，定會讓休若先生心生不快，與你無益。」

曹朋道：「那怎麼辦？」

「笨蛋阿福，我只說我爹爹有意離去，但是真要離去，哪有那麼快？你早去早回就是……還有，我們的事情，你總是要和我爹爹說明白，難不成一直不見面嗎？」

說這番話的時候，黃月英低下了頭。晚霞照映她的側面，依稀可以看出那一抹羞紅。

曹朋頓時喜出望外……黃月英這一番話，豈不是在提醒他，向黃家提親？

他甚至不記得自己是怎麼和黃月英分別的，一路好像踩著棉花一樣，返回驛站。

當晚，正好又是闞澤當值，曹朋見到闞澤，總算是清醒了一些，讓人把車上的書籍卸下來，放進闞澤的房間。

「這是……」

「闞大哥，知道你好書。今天我們偶然得知有一家人變賣書冊，所以就把那些書都買了下來。這些日子煩勞你照拂，也沒什麼禮物，這些書就送給你，權當是做兄弟的一番心意，你可萬萬不能推辭才是。」

闞澤登時大喜，拉著曹朋的手，連連道謝。

把書冊都放進了闞澤的房間，曹朋便返回了住處。

荀衍還沒有回來，小跨院裡也是靜悄悄的。兩個看家的家將和曹朋打了個招呼，便各自回房了。這些天，曹朋就忙著柔情蜜意來著，所以不免有些懈怠。

不過，隨著時間的推移，曹朋漸漸看明白了荀衍的心思——荀衍明裡是走親訪友，實際上是在給孫策添堵。荀衍和曹朋說過，孫策此人輕狂豪爽，有大丈夫之氣，憑藉孫堅留下來的名望，還有他自身武勇造就出來的聲威，所以非常輕鬆的在江東站穩腳跟，成就一方諸侯。

但是，孫策在江東的統治，還有一個巨大的疏漏。

他出身富豪之家，也算是會稽名流，但是和那些動輒百年的士家相比，孫家的底蘊終究薄弱許多。加之在征伐江東之初，孫策採用了極為鐵血的手段，打擊吞併士家部曲，也造成了孫策和士家之間並非特別和睦。吞併吳郡會稽之後，孫策並沒有立刻修復與士家之間的關係、穩固自己的地位，相反，他仍不斷征伐，並藉機繼續吞併士家部曲，打擊士家力量。

如此一來，也造成了孫策和士家的關係越發疏離。

別看孫策手下有不少士家子弟，但實際上他並沒有獲得士家的認可。

孫策本身，又是個極為自傲的人。如果是普通的百姓，他反倒可能低頭，但是對士家，孫策始終不願意服軟。

後世常說，曹操大量啟用寒族士子。

可實際上呢？孫策同樣是啟用了眾多寒門子弟，只不過由於他死得早，所以並不明顯罷了。

孫策不服軟，不代表他不忌憚江東士家。

荀衍不斷拜訪江東士家，就算孫策再大度，也會生出猜忌之心。

可偏偏他無法阻止荀衍的作為，所以只能眼睜睜的看著。隨著時間的推移，孫策的猜忌之心就會越發強烈……到最後，必然會和江東士家產生劇烈的衝突。這是一個陽謀，孫策就算心裡清楚，也是無可奈何。總不能殺了荀衍吧？那樣一來，不但得罪了曹操，甚至有可能造成天下士族對孫家的仇視。要知道，潁川荀氏，可不是一個禰衡乃至於邊讓可比擬。

荀家在士林的影響力之大，尋常人根本無法想像。

曹朋開始佩服設計此計的人了！

這個人，非常準確的掌握了一個正常人的心理。與其說這是離間，倒不如說這是一場心理戰。

而且是你明知道其中機巧，卻又無可奈何的心理戰。

不過，曹朋現在考慮的，卻不是誰設計了這個計謀。三國時期的心理戰大師，的確有不少，不論是曹魏的賈詡、司馬懿，還是東吳的呂蒙、陸遜，以及那位不知道是不是真用過空城計的蜀漢諸葛亮（如果空城計是真，那諸葛亮無疑也是一位心理戰的大師），都善於使用心理戰。

但就目前而言，曹操帳下能設計出如此計謀的人，無非兩個——不是荀彧，就是郭嘉。

所以曹朋也無須在這上面花費太多的心思，他此刻考慮的是黃月英剛才的那番話。如果不趁著黃承彥還在吳縣時提親，那等到黃承彥返回江夏，再想提親可就麻煩了。

提親，是一門學問。似黃承彥這樣的名門世族，提親之人必須要身分對等，再不濟也不能相差太多。所以，曹朋想著想著，就想到了荀衍身上。

潁川荀氏的名頭，可是比江夏黃氏強百倍。

而且荀衍的名望似乎也高於黃承彥……如果能請荀衍出面的話，想必那黃承彥也要認真考慮。

問題是，荀衍能同意嗎？曹朋也有些不太確定，於是坐在房間裡，呆呆的發愣。

片刻後，他從手邊的匣子裡取出一疊淡綠色的左伯紙，在燭光下仔細的觀察、揣摩起來。他總覺得，這左伯紙中似乎隱藏著秘密。

沒過多久，曹朋突然起身，把紙張收起來放好。隨即他匆匆來到門房，就見闞澤正坐在地板上，對著偌大的一個木箱子，不時發出一、兩聲傻笑。

只見闞澤忽而拿出一卷書冊，輕輕摩挲，忽而又把書卷放在鼻子下，閉上眼睛嗅著，臉上露出心滿意足的表情。

這傢伙，還真是個書痴。

「闞大哥！」

「啊……」闞澤一驚，連忙把書放進木箱，警惕的回身看去，「阿福啊，你不去休息，有什麼事嗎？」

「我想打聽一下，你知不知道一個叫做李景的人？」

闞澤一愣，「你是說去年會稽郡所舉孝廉，李景李逸風嗎？」

「正是。」

「我知道這個人，但是沒有接觸過。我和他雖是同鄉，但彼此並不是很熟悉……不過我知道，李景此人最初在會稽時，操行並不是很好，有點貪財，而且還有些好色。這個人能寫一手好字，而且長於模仿，不管是什麼人的筆跡，他模仿一些時候，便能學得個八九不離十。」

「為此，那傢伙曾被王朗賞識過，還當了一段時間會稽郡主簿。後來王朗敗走，李景害怕被牽連，便從會稽遷到了吳郡。他才學還是不錯，但德行太差……對了，你怎麼突然打聽起此人？」

曹朋猶豫了一下，輕聲道：「李景死了！」

「啊？」

闞澤今天值守驛站，也沒有出去，所以並不太清楚外面發生的事情。

事實上，似李景這樣的小人物被殺，他就算出去，也未必能知道。如果不是曹朋今天在酒肆裡偶然聽到，並動了買書的心思，恐怕也不會留意。

闞澤看了看曹朋，又看了看面前的書卷，「阿福，這些書……」

「嗯，就是我從李家買來。」

闞澤一個激靈，連忙把書卷放回箱子裡，「你這傢伙，怎不和我說清楚呢？」

「怎麼了？」

「這東西，晦氣。」闞澤說著，從床榻下取出一個箱子，裡面放著一些蒲葉。「我平時把這東西放著，就是為了除晦氣。沒想到今天還真的用上了。」

闞澤先取出兩片蒲葉，沾水之後，洗了一下手，然後又把書箱封好，用蒲葉在上面清掃了幾下，恭恭敬敬把蒲葉擺放在書箱上。

隨後，闞澤才算是鬆了一口氣，「幸虧你說得早，否則我肯定會倒楣。先這麼處理一下，明天我再去求些符籙來，貼在書箱上，需三天三夜，才能把上面的晦氣完全除掉。」

楚人好鬼神，《楚辭》當中，更充斥著大量的巫文化。

所以對闞澤的這一番舉動，曹朋倒是不太在意。他的目光，落在了闞澤床榻旁邊的一根樹枝上。樹枝上掛著幾顆紅豆，顏色格外豔麗。

「阿福，李景怎麼死的？我昨天還看見他衣著光鮮的招搖過市，這傢伙可不像是短命之人。」

「呃，我……」曹朋回過神來，組織了一下語言：「我今天也是偶然聽人說起，說李景死了，他老婆在變賣家產。我知道闞大哥你好書，所以就動了念頭，過去把李景的藏書買來。不過……」

「不過怎樣？」

「我覺得，李景並非暴卒。」

闞澤一怔，不禁笑道：「阿福，你才多大年紀，又怎知他不是暴卒呢？」

「我見過他的屍體……表面上看，似乎並沒有什麼問題。可是我留意到，他的嘴唇略有些呈烏色，而且表情也很安詳。一般來說，如果是暴卒，必然會有一番掙扎，可是從屍體上，卻看不出李景死前有什麼痛苦的痕跡。我覺得，他很可能是中毒而亡，但不知是什麼毒藥。」

「那官府……」

「官府說他是暴卒，這也讓我更感古怪。那麼明顯的漏洞，連我都能看出，官府的人居然視而不見。而且，李夫人似乎也沒有什麼意見，這邊屍體還沒有安葬，那邊就匆匆的要變賣家產，準備回老家……總覺得，李夫人是受了什麼警告，所以才會有這樣的表現。總之，這件事情我覺得很古怪，所以才來詢問。」

闞澤沉吟不語。片刻後，他抬起頭，輕聲道：「阿福，你信我嗎？」

曹朋一怔，點頭回答：「闞大哥這話從何說起？我若是不信你，也就不會和你說這麼多話。」

「別再管這件事。」

「啊？」

「官府可以明目張膽忽視漏洞，而判定李景暴卒；李景屍骨未寒，李夫人便急匆匆想要離開。這裡面肯定有古怪，但絕非你我可以插手。我也知道你有本事，但有時候你我必須學會裝聾作啞。連吳縣縣衙都能壓制，如果真有幕後之人，也絕非你我可以對抗……你和我說過，多一事不如少一事，這話頗有道理。別再管這件事，否則你我說不定會遇到麻煩。」

曹朋沉默了……

闞澤這一番話，語重心長，他可以感受到闞澤的好意。上輩子，也有人這麼勸過自己，結果呢？他沒有聽，最後是家破人亡。

想到這裡，曹朋突然覺得心裡面很憋屈，「闞大哥，我累了。」

「那好好歇息，明日你不是還要和荀先生去華亭嗎？早點睡吧，若是有什麼事，我會告訴你。」

曹朋點點頭，臨走時又要走了插在床榻旁邊的那枝紅豆。

看著曹朋的背影，闞澤站在門廊上，露出若有所思的表情……良久之後，他嘆了口氣，才返回屋中。

「紅豆生南國，春來發幾枝？願君多採擷，此物最相思。」

黃月英放下手中的白絹，從石桌上拿起那串用紅豆串成的手珠，雙頰透紅，露出幸福笑容。

這串手珠，是用白絹包裹，一大早由甘寧偷偷轉交給她。據說，這手珠是曹朋花了一晚上的工夫串成；白絹上的那闕五言詩，也是曹朋所書。黃月英把白絹貼在臉頰上，一副小女人的憨態。

『此物最相思』？阿福終究還是表達了愛意……

「阿醜，妳在做什麼？」

低沉的聲音，在黃月英身後響起。

黃月英一下子清醒過來，連忙站起來，順勢將白絹藏在身後，「爹，你怎麼來了？」

「我來了半天，就見妳一個人在這裡傻笑。」黃承彥陰沉著臉，看不到半點笑容。

事實上，最近一段時間他一直是這副表情。表面上看去，他每天和葛德儒探討黃老之術，似乎忙得不亦樂乎，無暇去關注黃月英，可是在暗地裡，黃承彥對黃月英的關注，可說是沒有片刻的鬆懈。看著黃月英每天高高興興的出門，快樂的返回，黃承彥心裡就不是滋味。

為人父母者，哪有不希望兒女好？

可問題是……黃承彥的門戶觀念很強！

江夏黃氏是有名的荊襄望族，如果黃月英和曹朋結合，勢必會令許多人恥笑。在這一點上，黃承彥和他的姪兒黃射站在同一條戰線上。他當然希望女兒幸福，更要考慮家族顏面。

曹朋若出身大族，黃承彥也許還能勉強接受。偏偏他……只是中陽山一介庶民，這是黃承彥萬萬不能忍受的事情。

「手上戴的什麼？」黃承彥的眼睛很尖，一下子就看到了黃月英皓腕上那串紅豆手珠。同時，他也看到了黃月英藏在身後的白絹。

「嗯……是手珠。」

「手裡拿著什麼？」

「……」

「又是那個曹朋送給妳的嗎？」

「嗯……」黃月英垂螓首，輕聲回答。不過她馬上反應過來，抗聲道：「爹爹，其實阿福的才學很好。你當初不也稱讚過他嗎？還有，他的詩詞也很出色，之前還做過《泛震澤》七言詩，連張子布都為之讚嘆……爹，阿福是個好人，你為什麼總是針對他？這樣不好……」

「是嗎？」

黃月英連忙把白絹遞給黃承彥，「這是他剛做的五言詩。」

「紅豆生南國，春來發幾枝……願君多採擷，此物最相思？」

黃承彥誦讀白絹上的詩詞，眼中閃過一抹複雜之色。片刻後，他輕輕嘆了口氣，「阿醜，非是爹固執，實在是……那曹朋和妳堂兄有毀家之恨，妳若是和他一起，早晚必難以做人。我不否認這首五言詩不錯，但並不能說明什麼。我還是那句話，我不會同意妳和他的事情……明天，明天我們就走。這次帶妳來，實在是一樁錯事。」

「啊？」黃月英聽聞，頓時大驚失色。「爹爹，你不是說過些時日才走嗎？」

「我改主意了！」

「可是……可是阿福如今不在吳縣，我總要和他道別才是。爹爹……」

「休得囉嗦，我意已決。」黃承彥突然大怒，厲聲喝道。看著女兒那一臉哀怨祈求之色，黃承彥也不免有些心痛。可是看到手中的白絹，黃承彥就知道，他此時必須要狠下心才行。

月英顯然情根深種，如果繼續留在吳縣，早晚必出禍事。為了月英的幸福，同時也是為了黃家的顏面，黃承彥知道，自己無論如何都不能心軟。

「從今天起，妳不得出這院子半步。來人，給我盯著小姐……絕不可以使她離開。我這就去向兄長辭行，天黑之後咱們就離開。」

黃承彥有種迫在眉睫的緊迫感，黃月英和曹朋的事情猶如一根扎在他心頭的針，令他非常難受。

原本，他打算過兩日再走。可是看罷了白絹上的詩詞之後，黃承彥知道，如果再不走，說不定會惹出什麼事情來……所以，他狠下心，不再理睬黃月英，大步離去。

一邊走，他一邊思忖著：此前德公曾與我推介的那個諸葛家的小子，倒是可以考校一下。諸葛家雖說比不得當初，但畢竟是琅琊大族，說出去也不會丟臉……嗯，回去後問一問德公，再好好考校一下那個小子。如果可以，就儘快把婚事定下來，免得月英胡思亂想，夜長夢多。

想到這裡，黃承彥下意識抓緊了手中的白絹。

黃月英失了魂似的站在院子裡，有些茫然不知所措。

「小姐，回屋收拾一下吧。」一個侍婢上前，輕聲勸說。

本是一番好意，哪知卻惱了月英。

「走開！我的事情，用不著妳來操心！」

說罷，黃月英氣沖沖往房間走去。進屋之後，她蓬的將門合攏，把那侍婢關在了屋門外。

章二 喜與悲

這是一個難得的好天氣。華亭陸家莊，張燈結綵，瀰漫著濃濃的喜氣。

曹朋和夏侯蘭隨著荀衍來到陸家莊。陸遜非常熱情的出門迎接，並讓人將他們安排妥當。

看得出，陸遜很忙。他不但是要做新郎的人，同時還是整個陸家的家主。華亭陸氏，不比當初，早年陸氏世代為官，陸纖是黃門侍郎，陸駿是西部都尉，陸康是廬江太守……而現在呢？陸家無一人出仕。這也造成了陸遜必須放低姿態，以晚輩的身分，周旋於那些老人家之中。

看著陸遜遊刃有餘的與眾人寒暄，曹朋也不得不感慨，這生活能造就一個人……不經打擊老天真，果然如此。如果不是家中遭逢這樣的巨變，也不會輪到一個十五歲的孩子綱紀門戶。

如果沒有綱紀門戶的經歷，陸遜日後的成就，恐怕也不會太大。

曹朋不禁有些羨慕，同時又有些慶幸。他羨慕陸遜面對那些老人家時的從容自若，同時又暗自慶幸，慶幸自己沒有陸遜這種經歷。

苦難能磨練一個人。可如果不是迫不得已，誰又願意去接受這些磨難呢？

曹朋跟在荀衍身後，不禁感慨萬千。忽然間，他看到了一個人，在不遠處的角落裡，一名身著白衣的少女正安靜的站立著。少女身邊也沒有什麼人，好像孤立於人群之外。

曹朋一眼認出，那少女就是之前他在陸家莊花園中看到的那個女子。

「先生，那個女人是誰？」

順著曹朋手指的方向看去，荀衍搖了搖頭。「不太清楚。不過看她衣裝，想必是陸家子弟。伯言有兩個兄弟，沒聽說有姐妹……嗯，可能是北房的子弟吧。」

北房，就是陸康的家人。

曹朋恍然，點了點頭。

對這白衣少女，不知為什麼，曹朋總感覺有些古怪。也許是那天晚上，少女那回眸給他留下了深刻的印象；也許，是她砸琴時的癲狂，令他感覺心悸。總之，他感覺好像不太對勁。

少女的目光，一直停留在陸遜的身上。片刻後，她悄然離去，就如同她悄然的來，無聲無息。

由於第二天，陸遜就要前往顧家迎親，所以一早便歇息下來……

還是那天的那間房舍，還是那天的床榻，曹朋也說不清楚是為什麼，總之他又一次失眠了！翻身坐起，曹朋走出房間。

鬼使神差似的，他又一次來到了花廳。花廳上倒垂的紫藤花，比之上一次更加絢爛。在月光下，一朵朵紫色的小花盛開，隨風蕩漾，若紫色波浪。

那淡淡的花香，令曹朋忽然間打了一個寒顫。他驀地在紫藤花下停步，閉上眼睛，久久不動。

他終於想起來，為什麼會對這花香感覺熟悉……他曾經，聞過這種香氣！

曹朋急匆匆返回房間，把夏侯蘭從睡夢中喚醒：「子幽，問你一件事。」

「什麼事？」夏侯蘭睡意朦朧的睜開眼睛，打了個哈欠道：「有什麼事，不能天亮後再問嗎？我好睏啊！」

「不行，這件事必須現在問，人命關天。」

「好吧好吧，你問吧。」

「你還記不記得丹徒的那個羅克敵？」

「當然記得。」夏侯蘭搔搔頭，一臉茫然的問道：「他不是去海西了嗎？那天晚上，我還和他同一個房間，說了不少話呢。怎麼，那傢伙出事了？不可能啊……你又怎麼知道他出事了？」

「誰告訴你說他出事了？」

「你不是說人命關天嘛……」

曹朋哭笑不得，擺了擺手，「不是這件事。我是想問你，羅克敵有沒有和你說過，他在吳縣盜竊的那戶人家，是哪戶人家？」

「這個……好像提過。但是我有點記不太清楚了。」

「你怎麼能記不清楚呢？快點，好好回想一下。」

夏侯蘭蹙著眉，努力的回憶了好半天，這才輕聲道：「我只記得，羅克敵好像說過，他偷的那戶人家是外來戶。好像姓……你看我這腦袋，一下子還真想不起來，好像是姓……」

「李？」

「呃，沒錯，是姓李。」

「叫李景？」

「這個我就記不太清楚了。」

曹朋在屋中徘徊，卻讓夏侯蘭感覺丈二金剛摸不著頭腦。不過，他也知道，曹朋既然這麼問他，那一定是有重要的事情。所以，他沒有再開口詢問，而是看著曹朋在屋子裡徘徊，久久不語。

「對了，我那個包裹呢？」

「哦，我放在架子上了。」夏侯蘭說著話，站起身來，走到一旁的架子，取下一個黑布包裹。

曹朋接過包裹後，在床榻上打開。夏侯蘭則點燃了蠟燭，站在曹朋的身後。那包裹裡除了一些雜物之外，還有兩個黑漆匣子。曹朋的行李並不多，所以大多數時候都會隨身攜帶。

他打開兩個匣子，只見裡面放著兩疊左伯紙，一疊淡紫色，一疊則是淡綠色。

將兩疊左伯紙並排放在榻上，曹朋深深吸了一口氣。

「這不是羅克敵偷來的那一匣子情信？」夏侯蘭指著淡紫色的左伯紙，眼中疑惑之色更濃。

「關關雎鳩，在河之洲。窈窕淑女，君子好逑！」曹朋盯著兩疊左伯紙，突然扭頭問道：「子幽，有沒有看出什麼？」

「沒看出什麼……」

「都是左伯紙，而且都有獨特的標注。紫色的左伯紙應該是出自女人之手，寫的都是《詩經》裡的情詩；綠色的左伯紙，應該是……」曹朋突然搖頭，自言自語道：「不對，應該不是這樣。」

夏侯蘭詫異問道：「什麼不對？」

曹朋擺了擺手，「你別說話，讓我再想想。我總覺得，這兩疊紙上似乎有非常玄妙的關聯，可我一下子又想不出這其中的機巧來……讓我想想。子幽，你先睡吧。我靜一靜，你別再照顧我了……呼，這件事還真是有趣啊。」

被曹朋一番話，說得更加迷茫，不過夏侯蘭還是陪著曹朋，就靜靜的坐在旁邊。

喜與悲

時間一點點的過去，夏侯蘭睏意湧來，他趕了一天的車，早已經累了！被曹朋折騰了半夜，此刻終於熬不住，不知不覺中便進入了夢鄉。當初夏的陽光從窗戶照射進房間的時候，夏侯蘭驀地醒來，看到曹朋趴在床榻上，正睡得香甜。兩疊左伯紙攤在床上，顯得格外凌亂。

「阿福，醒來！」

曹朋驀地睜開眼睛，呼的坐直身子，「什麼時辰了？」

「快到卯時……要不你睡一會兒，我去叫醒先生？」

「算了，不睡了！」曹朋擺擺手，站起來伸了一個懶腰。

夏侯蘭好奇問道：「怎樣，可有什麼收穫？」

曹朋笑道：「有……腦袋糊塗的時候，千萬不要考慮事情，否則會越來越糊塗。」

「然後呢？」

「沒了！」

夏侯蘭哭笑不得，看著曹朋道：「你這一晚上，就這麼個收穫？」

「不然能怎樣？」曹朋說著，把左伯紙都收好，分別放進兩個匣子裡。隨後，他用力伸了一個懶腰，活動一下身子骨，對夏侯蘭說：「走吧，把先生叫起，今天可是陸伯言大喜之日。」

清晨，朝陽初昇。

陸遜身穿一件大紅色吉服，跨坐一匹白馬。那馬頸上，還繫著一塊大紅綢子，顯得格外精神。迎親隊伍早早便在陸家莊門口集結完畢。陸遜容光煥發，在親朋好友的一聲聲祝福中，迎著朝陽，領著迎親隊伍，浩浩蕩蕩的離開。荀衍等一干前來觀禮的客人，並沒有隨行迎親，而是在陸家子弟的招呼下，三五成群聚在一起。

曹朋站在僻靜的角落裡，一言不發，盯著一個人。

昨日的白衣少女，今天換上了依稀大紅色的衣裙。她站在一棵古槐下，猶如一團火焰般絢爛……吉時將至，曹朋作為書童，自然沒有資格觀禮。他和夏侯蘭等人只能坐在外面，和一干家將奴僕一起吃飯飲酒。

這是一個等級森嚴，尊卑分明的時代。別看平時荀衍會讓曹朋相隨，可是在這種大場合裡，曹朋必須要遵守這個時代的規矩。哪怕荀衍再看重他，在旁人眼裡，他就只是個書童，若同席而坐，勢必會引起許多人的不快。而荀衍呢，也會被冠以不知禮數，有辱斯文之名。這，絕非荀衍能承受得起。

世家子弟有世家子弟的風光。但同樣，他們必須承擔起許多責任。

所以，荀衍也只好委屈曹朋等人。好在曹朋對此倒不太在意，他也不想待在一群老大人中間，那滋味並不好受。

坐在莊外的酒席上，看著燈火通明的陸家莊，曹朋這心情，並不平靜。

他一邊與夏侯蘭輕聲交談著，同時又豎起耳朵，聆聽著那些家將奴僕們之間的對話。曹朋希望能從這些奴僕之間的交談，得到一些有用的信息，但很可惜，他聽到的大都是無用的消息。

家奴們對主家的事情不敢說三道四，萬一哪句話說得不正確，又傳到了主家的耳朵裡，那才是生不如死。所以，眾人交談大都是十分話說三、四分，誰也不敢拿主家的事情開玩笑，以免引來殺身之禍。大致上這些家將奴僕們交談的內容，無非是一些無聊的家長里短，令曹朋感覺索然無味。

「阿福，你今天是怎麼了？」夏侯蘭看著曹朋心神不寧，忍不住輕聲問道。

曹朋搔搔頭，苦笑道：「我哪知道？總覺得今天可能會出事！但是又說不清楚原因……」

「哪方面的事情？」

「我不知道！」曹朋說罷，一臉苦澀。

夏侯蘭也頗為無奈的搖搖頭，「那我可真幫不上你了。」

曹朋笑了笑，把面前的酒水推到夏侯蘭面前。

他閉上眼睛，努力讓自己的心情平復下來。十二段錦靜功在這時候，產生了巨大的作用，曹朋有些燥亂的心情漸漸平定。同時，身旁的一段對話傳入耳中，引起了他濃厚的興趣。

「聽說，陸家大小姐至今仍未出嫁？」

「嗯，陸大小姐今年快二十了吧……我曾聽人說，她琴棋書畫，無一不精，長得也非常美麗。可偏偏也不知道是什麼原因，至今不肯出嫁。早兩年還有不少人登門提親，可是陸大小姐一直不肯點頭。這兩年她年紀大了，所以來提親的人也少了……天曉得是什麼緣由。」

「我聽到了一件事，也不知道真不真。我聽人說，陸大小姐……好像喜歡陸公子。」

「哪個陸公子？」

「廢話，你說是哪個陸公子……當然是今天成親的陸公子嘍。」

「不太可能吧。他們同姓陸，而且還是同房所出，怎麼可能……陸大小姐是陸公子的堂姐，這可是有悖常倫的事情。老兄，你可不能亂說，若是被陸公子知道，說不定會取你性命。」

「我是傻子嗎？」那家奴壓低聲音道：「這件事我也是偶然聽人提起……你可要把嘴巴閉緊，如果被人聽說了，我可就要倒大楣了……據說，陸大小姐曾寫過許多情信與陸公子呢。」

「真有這回事？」

「我騙你做什麼……總之，此事出我口，入你耳，我可是打死不會承認。」

「我知道，我知道！」

另一個家奴嘿嘿笑道：「未曾想陸大小姐那麼文靜的一可人兒，居然會做出這種事……嘿嘿，有悖常倫，有悖常倫啊！虧得他陸家也是名門望族，卻出了這等醜事……對了，那陸公子和陸大小姐他們是不是真的……」

「這個我可就不清楚了。」

兩個家奴竊竊私語，隨後便岔開了話題。

曹朋猛然睜開了眼睛，扭頭向那兩個家奴看去。

「阿福，怎麼了？」夏侯蘭覺察到曹朋的神色不對，連忙詢問道。

「我想，我知道了！」

「知道什麼？」

曹朋沒有立刻回答，呼的一下子站起身，就要往院子裡去。

「阿福，到底發生了什麼事？」夏侯蘭也連忙站起來，快走兩步，追上了曹朋。

「人命關天，人命關天……」

他話音未落，忽聽院子裡傳來一陣喧鬧和嘈雜聲，緊跟著就聽到有人喊叫起來：「出事了，出事了！」只見兩個家奴從院子裡匆匆跑出來，神色顯得格外慌張。

曹朋激靈靈打了一個寒顫，忙快走兩步，一把攫住那家奴的胳膊：「出了什麼事情？」

「你放開我……」家奴顯然不想和曹朋廢話，想要甩開曹朋的手。

可是，曹朋的那隻手好像鐵鉗一樣，死死的扣住家奴的胳膊。見家奴不配合，曹朋怒了，手上一用力，那家奴立刻唉唷唷慘叫起來。

另一個家奴連忙道：「我家公子和顧小姐突然昏倒了……老兄，煩勞你快些讓路，我們還要去尋先生診治。」

曹朋心裡一突，鬆開了家奴的胳膊。兩個家奴也顧不得和曹朋計較，匆匆往外走。

曹朋和夏侯蘭則是一路小跑，闖進了院子裡。此時，院子裡已經亂成了一片……

「先生，發生了什麼事情？」曹朋一眼就看見荀衍站在人群中，一臉的惶然。

見到曹朋過來，荀衍輕輕出了一口氣，「伯言和顧小姐突然昏倒，看情況好像是中了毒……」

「啊？」曹朋脫口而出，「快帶我去！」

「你？」

「先生，救人要緊！」

荀衍雖然不知道曹朋究竟有沒有救人的本事，但聽他這麼一說，也顧不得許多，拉著曹朋往裡走。

大堂上，一個兩鬢斑白的中年男子，正手足無措的蹲在一個身穿吉服的女子身旁。聽到荀衍的呼喚聲，他忙回頭看過來，「休若，有什麼事嗎？」

「元嘆，元嘆……」

「我這童兒說，能救人……這時候等先生來恐怕也來不及了，不如讓我這童兒試上一下？」

「這個……」中年人露出了躊躇之色。畢竟，這人命關天，把兩個人的性命都交在一個童子手中，不免有些輕率。可荀衍說得也沒錯，萬一大夫一時半會兒趕不過來，豈不是耽擱了兩個人的性命？

曹朋快步上前，來到昏倒在堂上的一對男女身旁，蹲下身子，查看兩人的情況。陸遜的嘴唇發黑，神色顯得很平靜；而少女的情況則好一些，嘴唇雖有發烏的跡象，但還有氣息。

「取皂角和清水來。」

「啊？」

「別問那麼多，先取來再說。」

家奴看了一眼中年人，就見中年人點了點頭。

不一會兒工夫，家奴取來皂角和清水。曹朋也顧不得許多，拿起皂角在清水中搓揉，同時緊張的觀察著陸遜和顧小姐的情況。很明顯，陸遜中毒較重，而顧小姐的情況相對較好。

「先生，他們怎麼中的毒？」

不等荀衍回答，中年人搶先開口道：「伯言和小琪剛拜完天地，同飲了一杯酒水，正要入房，卻發生了這種事。」

曹朋點點頭，找過來一個水碗，舀了一碗水，把陸遜拖起來，把皂角水往他口中灌進去。可是陸遜的牙關緊咬，那皂角水怎麼也無法灌進去。曹朋一咬牙，低下頭對著陸遜的嘴猛吹氣。灌一口皂角水吹一口氣，把皂角水硬灌進了陸遜的腹中。「找個婆子，照著我的辦法給顧小姐灌進去。」

中年人總算清醒過來，連忙讓人給顧小姐灌皂角水。同時又有幾個家奴端來清水，取來皂角，學著曹朋的法子製作皂角水。大約灌進去了兩碗水，顧小姐身子一顫，噗的從口鼻中噴出水來。

「繼續，不要停，讓她全都吐出來。」

皂角水的滋味實在是不好受，曹朋灌了陸遜幾口之後，就忍不住生出嘔意。

一個少年連忙上前，「讓我來。」

曹朋認得這少年，正是陸康之子，陸績。

論輩分，陸績是陸遜的叔父，但實際上呢，他比陸遜的年紀還小，年僅十一歲。

曹朋把陸遜交給陸績，站起來，走到顧小姐身旁查看了一下。顧小姐中毒顯然比陸遜輕許多，所以在灌了幾碗水之後，便清醒過來，大聲的嘔吐不止。她長得其實挺秀氣，頗有姿色。只是這臉色發青，同時因為劇烈的嘔吐，造成了顧小姐髮髻凌亂，看上去非常的狼狽。

「顧小姐應該問題不大。」

「那我哥哥呢？」陸遜的弟弟陸瑁，忍不住上前詢問。

曹朋看了他一眼，輕聲道：「陸公子和顧小姐同飲一杯酒水，可能喝得多了些，所以情況比較嚴重……」

話未說完，就聽一旁陸遜突然劇烈的咳嗽，皂角水從他的口鼻中噴出來，旋即大口的嘔吐。發酸味的嘔吐物噴了陸績一身，令陸績也是不住的蹙眉……

「按他的肚子，讓他吐。」曹朋連忙上前，雙手按在陸遜的腹部，用力擠壓。每擠壓一次，陸遜的口鼻中就會噴吐皂角水。

中年人在一旁緊張的看著，好半天閉上眼睛，長出了一口濁氣。

「休若，多謝你了……你這童子，不一般。」

其實，這種灌腸洗胃的方法並不算太複雜。在東漢時期，人們會用糞水灌腸洗胃，其效果和皂角水相差不大。

荀衍也長出一口氣，拍了拍胸口，「你我倒不如一個童子冷靜。」

「是啊！」中年人苦笑一聲，突然間神色陡變。他從地上撿起一只銅爵，咬牙切齒道：「是誰？是誰下毒，要謀害我等？」

「下毒的人，並非是針對大家，只是針對陸公子和顧小姐而已。」

「啊？」中年人聽聞曹朋的話，先吃了一驚，旋即露出驚怒之色，「是誰下的毒手？」

曹朋看了看堂上眾人，似乎有些猶豫。

那中年人何等眼色，馬上就明白曹朋這是心存顧忌，他連忙命人將大廳裡的客人請出去，而後封鎖住了大廳。除了陸家幾個本支兄弟之外，就是顧小姐的父親，還有荀衍。

「阿福，你……」荀衍不禁有些擔心的看著曹朋。「這位是上虞長顧雍顧元嘆，你……有什麼話，就說吧。」

曹朋猶豫了一下，輕聲道：「敢問陸公子，可有一位堂姐嗎？」

陸績抬起頭，警惕的看著曹朋道：「你這話是什麼意思？伯言確有一堂姐，是我長兄之女。長兄於廬江戰死，膝下只有這一女。你可不要胡說八道，我堂姐可是看著伯言他們長大，怎麼可能……」

「有沒有可能，不妨請陸小姐前來，一問便知。」

「你若是膽敢胡說，休怪我對你不客氣！」

陸績憤怒的吼叫，命人去後宅，請陸大小姐前來。而陸瑁等一干陸家少年，則用仇視的目光看著曹朋。很顯然，曹朋剛才那番話，令他們很生氣。因為曹朋話語中的意思，分明是在指責那位陸大小姐，也就是從小照顧他們長大的堂姐，是毒殺陸遜和顧小姐的凶手。

陸遜兄弟父母早亡，小時候便是陸大小姐照顧他們長大。名為堂姐，可是在陸瑁等人眼中，陸大小姐猶如他們的母親一樣。哪怕曹朋救了陸遜和顧小姐，可是他誣衊陸大小姐是殺人凶手，依舊令陸家兄弟感到憤怒。

「綰姐姐，絕不是凶手。」

曹朋沒有辯駁，甚至也沒有言語，只是靜靜的站在一旁，一言不發。

顧雍同樣神色凝重，他隱隱約約感覺到這裡面似乎牽雜著一樁人倫醜事。他低著頭，沉吟不語。而荀衍則是緊張萬分，看了看曹朋，又看了看昏迷不醒的陸遜和顧小姐，不知該如何應對這種局面。他相信，曹朋不會無的放矢，可萬一曹朋說錯了，那可就等同於觸怒了陸家子弟。到時候，他又該如何為曹朋收場呢？

「不好了，大事不好了……大小姐也中了毒，她、她、她……快點救大小姐！」

就在大廳裡陷入難言的尷尬局面時，一個侍婢跌跌撞撞從內堂夾道中跑出來，一臉驚慌失措。

「妳說什麼？」

「大小姐……大小姐她出事了！」侍婢惶恐的喊叫起來，頓時令大廳再一次陷入了恐慌。

「你、你、你……」陸績指著曹朋，怒聲道：「若綰兒是凶手，焉能中毒？你詆毀我陸家聲譽，我與你誓不罷休！」說完，他匆匆離去。

陸瑁等人惡狠狠瞪了曹朋一眼，隨著陸績往後宅走去。而顧雍，則用一種警惕的目光凝視曹朋。

荀衍輕聲問道：「阿福，這究竟是怎麼回事？」

卻見曹朋閉上眼睛深吸一口氣，恍若自言自語：「先生，有些事情……你我終究無法阻止！」

章二 吹夢到西洲

陸綰，一個如精靈般動人的女子。

此時此刻，她就倒在榻上，一襲火紅色的長裙，覆蓋著嬌柔胴體，一臉的安詳之色。甚至可以從她的眼眉中，看出一絲幸福。只是不知道這精靈般美麗的女子，是否真的能夠幸福呢？

曹朋站在臥室裡，心裡輕輕嘆息一聲。

縈繞在屋中，那淡淡的紫藤花香，似乎已說明了一切。

「綰兒死了，你這個混蛋……」陸績瘋了似的衝向曹朋，伸手就要抓住曹朋的衣襟。

卻見曹朋一伸手，蓬的攫住陸績的手臂，略一用力，陸績登登登往前衝，險些一頭栽倒在地上。也幸虧曹朋沒有鬆手，但那隻手猶如鐵鉗，死死將陸績壓制住，令他無法回身發力。

「放開我叔父！」

陸瑁和陸琳兩人作勢就要衝上來。而門口幾個家將也躍躍欲試，想要教訓曹朋。

「都給我住手！」顧雍一聲厲吼，喝止了眾人的衝動。

在陸遜昏迷不醒、陸家群龍無首的時候，顧雍無疑就是眾人的長輩。

他轉過身，盯著曹朋，厲聲喝道：「績兒已經走了，你所說的那些話，又如何能夠證明呢？」

陸績死了，所有的答案都隨之煙消雲散。

顧雍的眼中，有一抹哀求之色。顯然他相信了曹朋先前的言語，可這是陸家一樁人倫醜事，他又怎可能承認。當陸家和顧家結親，兩者已變得休戚相關。哪怕顧雍明知道曹朋說的事情不假，卻也不希望傳揚出去，畢竟這牽扯到的才是真正的禮教大防，不能不謹慎小心。

看著顧雍，又看一眼群情激奮的陸家群小，曹朋扭頭向荀衍看去，卻見荀衍朝他輕輕搖了搖頭。

「子幽，煩勞你去房間，把昨天那兩個匣子取來。」

夏侯蘭答應一聲，轉身離去。

可是他這舉動，卻讓顧雍愣了一下，眼中閃過一抹疑惑之色。

夏侯蘭的身手不俗，從表面上看來，他應該是荀衍的護衛。論身分和地位，夏侯蘭應該在曹朋這個小書童之上。剛才如果是荀衍吩咐，夏侯蘭這種舉動不會有任何的問題，偏偏……夏侯蘭給人的感覺，似乎是曹朋的手下，而非是荀衍的護衛。顧雍可不是陸績、陸瑁那種沒有經歷過是非的小孩子。敏銳的，他覺察到曹朋也許並非看上去那麼簡單。

不一會兒，夏侯蘭捧著兩個匣子走進來，遞給了曹朋。

曹朋放開陸績，閃身躲過了陸績的攻擊，「顧先生，欲使陸氏亡族乎？」

「陸績，你給我住手！」

顧雍一聲厲喝，令陸績頓時安靜下來。

「煩勞顧先生命這屋中人離去，並且告之眾人，絕不能把今天的事情說出去。」

「憑什麼！」陸績含怒吼道。

「陸績，陸瑁，陸琳……你們先出去。」顧雍眼中，有一種讚賞之意。

他喝退了陸家的家將之後，厲聲道：「記住，今天這裡發生的事情，一個字都不許透露出去。如果你們想要陸家滿門滅亡，那就只管去試試……好了，你們現在出去吧，記得我的話。」

陸績等人疑惑的看了顧雍一眼，默默退出臥房。

「陸公子醒來之後，請將這兩疊紙張，交給陸公子，他應該能夠知曉。另外，這臥室裡的物品，最好不要翻動……包括顧先生在內。我能做到的，也只有這些了。」曹朋說著，看了一眼表情安詳的陸綰。

章二 吹夢到西洲

那一身火紅的衣衫，恐怕就是陸綰的吉服吧……今生，她也許無法得償所願，但願來世，莫要再受這等羞辱。就讓她清清白白的來，清清白白的走吧。想到這裡，曹朋彎腰從地上撿起一塊火紅色的頭巾，走到陸綰身旁，蹲下身子，將頭巾覆蓋在陸綰那張精緻的臉上。

其實，喜歡自己的堂弟，並不可恥。可恥的是那些把這種純愛，轉變成陰謀詭計的幕後黑手。

曹朋和陸綰沒有說過一句話，甚至沒有過任何正面的接觸。腦海中，閃現出一抹熟悉的場景。

一輪皎月，紫藤花下。

一個如精靈般美麗動人的白衣少女，正悠然的撫琴而歌。

憶梅下西洲，折梅寄江北。單衫杏子紅，雙鬢亞出色。
西洲在何處？兩槳橋頭渡。日暮伯勞飛，風吹烏臼樹。
樹下即門前，門中露翠鈿。開門郎不至，出門采紅蓮。
採蓮南塘秋，蓮花過人頭。低頭弄蓮子，蓮子清如水。
置蓮懷袖中，蓮心徹底紅。憶郎郎不至，仰首望飛鴻。
鴻飛滿西洲，望郎上青樓。樓高望不見，盡日欄杆頭。
欄杆十二曲，垂手明如玉。捲簾天自高，海水搖空綠。
海水夢悠悠，君愁我亦愁。南風知我意，吹夢到西洲……

前世，曹朋曾學過一篇課文《荷塘月色》，裡面曾選用過採蓮南塘秋這一段歌謠，故而令曹朋留下了深刻的印象。歌謠中的場景與眼前的女子，又是何等相似?憶郎郎不至，仰首望飛鴻……

但願得，這一夢，她能如歌謠中所言:南風知我意，吹夢到西洲!

曹朋站起身來，走到荀衍身旁，「先生，我們該回去了。」

無論是荀衍，還是顧雍，此時此刻都沉浸在《西洲曲》的意境當中。乍聞曹朋提醒，荀衍陡然間省悟過來。

他點點頭，向顧雍拱手，「元嘆，我告辭了!」說罷，他帶著曹朋往外走。

走到門口的時候，曹朋突然又停下腳步，扭頭對顧雍道:「請告知陸公子，富春李景，已死。」

顧雍激靈靈打了個寒顫，驀地向曹朋看去。

此時，曹朋已隨著荀衍走出臥房。顧雍站在臥房正中央，許久之後，朝著那扇門，雙手高舉過頭頂，躬身一揖。

這小子，究竟是誰?

即便是曹朋明知道真相，卻也不能說出來，因為這件事情牽連甚廣，他只能把這個秘密爛在肚子裡面!但他相信，陸遜能明白。

自古以來，政治就是一樁極其醜惡的事情。

但是今天所遭遇的事情，令曹朋感覺到噁心。不是為了那什麼『不倫之戀』，而是為那些設計謀劃此事的幕後黑手。愛情原本是一樁美好的事情，卻因為種種緣故，變得如此醜陋。

聯想前世，曹朋的心情格外壓抑。

坐在回程的馬車上，他一言不發，看上去心事重重。

「阿福，能不能告訴我，這究竟是怎麼回事？」荀衍把車簾挑起，坐在車中，輕聲問道。

「其實也沒什麼，原本只是一樁簡單的情事……堂姐從小照顧堂弟，隨著堂弟一日日長大，堂姐便產生了情愫，喜歡了堂弟。先生，其實這也算不得什麼大事。堂姐雖然明知道自己喜歡堂弟，但也知曉那人倫大防。故而她拒絕了一次次提親，所為的只是能看著堂弟幸福。然而……」

「然而怎樣？」

「堂弟長大了，要成家了。偏偏他要娶的女人，是一個和他家族一樣，在江東有著久遠歷史的大家族。於是，一些人便感到了不安。一天，堂姐收到了一封信，寫信的人正是她的堂弟。那信的內容也很簡單，就是『關關雎鳩，在河之洲。窈窕淑女，君子好逑』之類的詩句，一下子便觸動了堂姐那根敏感的心弦，積鬱在心中多年的情意一下子爆發出來，於是她便回信，以應和堂弟。只是堂姐沒有想到，寫這封書信的人並不是堂弟，而是另有其人。」

荀衍的臉色，很難看。但是他並沒有出言詢問，只是靜靜聆聽。

「信中情意濃濃，而見面卻是另一番模樣。一邊是海水，一邊是火焰，巨大的反差使得本就敏感的堂姐開始出現情緒上的波動。明知道那不可能，卻又忍不住想要去品嘗個中滋味。於是，堂姐的心開始扭曲，開始憤世嫉俗，開始……隨著婚期日益臨近，堂姐的愛意也逐漸變成了仇恨。她生出了殺意，於是在堂弟婚禮的當天，在酒水中下毒。同時，她又換上了一身吉服，作為一種精神上的寄託，她希望來生不再與堂弟是姐弟，而是夫妻……」

曹朋的言語中，透著一股冷幽之氣。

他竭力想讓自己說得風輕雲淡，可是聽在荀衍和夏侯蘭的耳中，卻生出一股森寒的冷意。

荀衍激靈靈打了個寒顫，只覺得遍體起了一層雞皮疙瘩。他垂下頭，半晌後幽幽問道：「如此說來，寫信的人……」

「寫信的人，已經死了。那個人叫李景，是會稽郡富春縣人，同時也是會稽郡舉的孝廉，曾是景興先生門下主簿。景興先生被孫策打敗之後，李景便來到了吳縣。這個人，寫得一手好字，最擅長模仿他人的筆跡……還記得羅克敵嗎？若我猜得不錯，羅克敵所盜竊的那戶人家，就是李景的家；他盜走的那情信，也正是堂姐寫給堂弟的情信。」

「我不知道堂姐的毒藥是從何處而來，但很明顯，與毒殺李景的毒藥源自同一人。李景前日死後，官府匆匆驗明屍體，便給出了心疾暴卒的結論。可那麼明顯的中毒跡象，居然沒有人注意？呵呵，先生，說句心裡話，除非這吳縣大小官員都是蠢材，否則不可能出現這樣的錯誤。更離奇的是，李景方死，李景的老婆就急於變賣家產，想要返回老家……」

「你的意思是……」

「先生，我沒什麼意思。只是想說，原本是一件極為普通，甚至是純潔的愛戀，卻因為種種原因，而變得醜陋不堪。我討厭陰謀詭計，更討厭那種把恥辱強加給別人的幕後主使者。」

荀衍不由得沉默了！

良久，他輕聲道：「阿福，其實我也討厭。」他把車簾垂下，再也不說話了。

有些人，利用陸績對陸遜的情感，而設下如此醜陋的計策，令荀衍作嘔。

但另一方面，他此次出使江東，又何嘗不是用友情做掩飾，行那居心叵測之事？勿論什麼陽謀還是陰謀，只要是『謀』，就稱得上醜陋。細想之下，荀衍覺得自己和那幕後黑手似乎沒有什麼區別。他閉上眼睛，長長出了一口氣，心中突然間感覺到一種莫名的疲憊。

也許，該離開了！

曹朋沒有想到，自己的一番話，會給荀衍帶來這許多的思考。

他沒有說出那幕後黑手是什麼人，但是以荀衍的聰明，焉能猜不出來這其中的種種機巧？總脫不出孫家兄弟。不是孫策，就是孫權……

不過給曹朋的感覺，孫策屬於那種光風霽月之人，不太可能想出這種惡毒的計策。

那麼，是孫權嗎？如果真是孫權的話，孫策在其中又扮演了什麼角色？

曹朋可是記得，歷史上陸遜是孫策的女婿。不過孫策現在才二十四、五，他的女兒也不過七、八歲，斷然沒有可能嫁給陸遜。至於陸遜和顧家小姐的親事，反正在《三國演義》中沒有提及。

就算是再光風霽月之人，牽扯到了政治，也會變得醜惡吧！

回到吳縣，天色已晚。

曹朋也好，荀衍也罷，在經歷了日間的那一場風波之後，都感到非常疲憊。所以回到驛館之後，荀衍直接就睡下了。曹朋也回到房間，倒在了榻上，閉上眼睛……

壓在心裡的那塊石頭，一下子搬開了。可是曹朋卻絲毫感受不到解開謎團的快活。

顧小姐和陸遜，都沒有死。也就是說，陸、顧兩家的聯姻會繼續存在。那麼，日後孫策的女兒，還會不會嫁給陸遜呢？

曹朋不知道。

但是他卻知道，自己在不經意間，似乎又改變了一樁歷史。

不復與孫吳有姻親關係，陸遜還會像歷史上那樣，成為執掌孫吳水軍的大都督嗎？他還能延續陸家三世榮耀嗎？一切，似乎都好像變成了一個謎……一個曹朋無法預知的謎題……

用力搓揉面頰，把臉搓得發燙。曹朋翻了個身子，迷迷糊糊的進入了夢鄉。在睡夢中，他又一次夢到了那個身著白色衣裙，在絢爛的紫藤花下憑欄撫琴，輕歌曼舞的少女。

欄杆十二曲，垂手明如玉。

捲簾天自高，海水搖空綠……

海水夢悠悠，君愁我亦愁。

南風知我意，吹夢到西洲……

綰兒姑娘，願妳來世，能得償所願！

曹朋側躺在榻上，眼角閃爍一抹晶瑩的水光。

清晨起來，又是個陰雨天。

這賊老天才晴了沒多久，就變了臉。窗外細雨綿綿，總讓人感覺心情似乎有些低落……

曹朋起床後，在門廊上活動了一下身子骨。洗漱完畢，他來到荀衍的房門外，輕輕叩響門扉。

「先生，可曾起身？」

「已經起了。」

「今天有什麼安排嗎？」

房間裡沉默片刻，傳來荀衍低沉的聲音：「算了，今日不想出門，吩咐下去，膳時把飯菜端來就好。」

「先生，你不舒服？」

「沒有，只是不想動……阿福，你若是有事，自便就是。」

「喏！」曹朋答應一聲，小心離開。

他大約能猜出一些端倪。想必是昨日的事情讓荀衍感觸頗深，以至於心情低落，所以聲音才會如此衰頹。文人啊，總難免多愁善感。其實，他何嘗不是如此？只是看個人的調整。

荀衍既然無事，曹朋自然落得個清閒。

離開吳縣兩天了，也不知月英走了沒有。

此時此刻，曹朋特別想找黃月英傾訴一番。昨天陸府的遭遇，也讓他心智頗受折磨，甚至他在最後一刻才猜出了端倪。苦情的陸績，實在是讓他有一種無法承受之重。

「子幽，今天荀先生沒有安排，要不要出去走一走？」回到房間，曹朋換了一身衣服，詢問夏侯蘭。

夏侯蘭有氣無力的躺在榻上，懶洋洋回道：「算了吧，今天不想動，你要出去，自己去吧。」看起來，連夏侯蘭也受了不小的影響，以至於提不起精神來。

曹朋看了一眼夏侯蘭，搖搖頭，轉身走出房間。

在門廊上站立片刻，他找來一支竹簦，在濛濛細雨中，走出跨院的拱門，朝驛站門房走去。

「你說什麼？」看著眼前陌生的驛丁，曹朋一臉震驚之色。「闞澤走了？什麼時候走的？」

「前天晚上他向驛官請辭，昨天一早趕了一輛車，帶著一箱子書走了。」

「去了何處？」

「這個還真不清楚。闞德潤與我等交情並不深厚，所以也沒有說要去哪裡。只是聽驛官說，他好像是返回老家了。」

闞澤的老家，在會稽郡山陰縣。

曹朋有些茫然了，不知道究竟發生了什麼事情。前兩日還一心想著拉攏闞澤去廣陵，可突然間，闞澤竟然走了。這使得曹朋有點無法接受，闞澤這算不算是不辭而別呢？他為什麼會突然請辭？為什麼連個照面也不打？莫非是……

曹朋突然間苦澀一笑。自己一心想要和闞澤打好關係，可人家闞澤，卻未必能看得上他。

想到這裡，曹朋不禁有些頭痛。呆呆的站在門房前，半晌後才省悟過來，慢慢走出驛站大門。陰沉沉的天氣，讓曹朋的心情變得更加惡劣。走出驛站後，沿著長街，茫然往前走，全然沒有任何方向。

算了，走了就走了！至少我還有月英……

想到這裡，曹朋抖擻精神，往葛府方向行去。

他敲開葛府的大門，從裡面走出一個門丁，問道：「你是誰？因何叩門？」

「啊，敢問江夏來的黃彣承彥公，可還在府上？」

黃彣，是黃承彥的名字。

彣，按照東漢許慎的《說文》解釋，就是有文采。美士有彣也，是說文中的解釋。而在《爾雅》裡又有美士為彥的解釋。這承彥，就是承接學問，傳承德行的意思，正好與彣字相合。古人這名與字，相互間多有關聯，往往『字』是『名』的解釋。

門丁一怔，「你是問江夏黃公嗎？已經走了！」

「啊？」曹朋脫口而出道：「黃公什麼時候走的？」

「好像是前日吧……走得很匆忙。」

曹朋頓時懵了。僅僅兩天的時間，這世界好像一下子就變了個模樣，闞澤悄然離去，黃月英也隨黃承彥走了？他還想著怎麼向荀彧開口，求荀彧出面提親。可沒想到，還沒等他有動作，黃承彥就帶著月英走了？

門丁把大門關上，曹朋在葛府門外又呆立許久。心裡只覺得有一種莫名的躁鬱，讓他忍不住甩開竹簦，站在細雨中大聲吼叫，引得街上行人為之側目。

該死的賊老天，既然給了我一個希望，為什麼不等我做出努力，就把我的希望給掐掉了呢？該死，真他媽的是該死……

曹朋吼叫了片刻，總算是將心中的躁鬱舒緩了一點。

頭髮和衣服，都被雨水打濕。他在雨中站了片刻，轉過身，彎腰準備拾起竹簦……一雙黑色紋履突然間出現在曹朋的視線裡。他心頭一震，連忙直起身子，順勢向後退了一步。

「甘大哥？」等他站穩了身形，才看清楚那雙黑色紋履的主人。

甘寧一身錦袍，手持一支竹簦，正盯著曹朋上上下下的打量。

「阿福，你沒事兒吧？」

「我有什麼事，只是被你……對了，你不是隨黃公走了嗎？」

甘寧是黃承彥的護衛。

黃承彥既然離開了，那甘寧自然應該隨行。而今，甘寧在他面前，豈不是說……月英沒走？

「甘大哥……」

「阿福，黃公要見你。」

「什麼？」

「我是說，黃公要見你，隨我來吧。」

「哦！」

曹朋心中，陡然間變得忐忑起來。黃承彥沒有走，而且還要見他？這種感覺，就好像登門的傻女婿，讓曹朋一下子有些手足無措。他自己都不清楚是怎麼隨著甘寧走的，反正一路輕飄飄的，整個人完全不受控制一樣，只知跟在甘寧的身後，轉過長街，轉進了一條小巷中。

這巷子裡，有間客棧，面積不是太大，但勝在幽靜安寧。

整個客棧已經被黃承彥包下，一進客棧的大門，曹朋就看到黃承彥陰沉著臉，端坐在大堂上。

「黃公，人帶來了。」

「興霸辛苦了……」

黃承彥朝著甘寧點點頭，甘寧閃身，便退到了旁邊。

「黃……先生，學生給您請安了！」

「曹公子不必客氣，小老兒一介白身，可當不得你堂堂潁川荀氏的門下客之禮。我今天找你來，只有一件事。我要回江夏了，請你把月英交出來，莫要耽擱了我們回去的行程……」

「啊？」曹朋一頭霧水，看著黃承彥有些不明所以。「黃公，月英……小姐沒和你在一起？」

「若在一起，我又何必在這裡與你囉唆！」黃承彥再也顧不得什麼名士風範，呼的一下子從坐榻上站起來，胸前美髯亂顫，手指著曹朋的鼻子罵道：「曹家小子，我與你把話說明，我絕不會允許你和月英往來。你、你、你……你也不看看自己的身分，竟然也敢……」

「你住嘴！」曹朋突然怒吼一聲，打斷了黃承彥的話語。「黃公，我敬你是月英的父親，所以對你尊敬有加。我與月英，情投意合，與你又有何干係？什麼身分，什麼地位？高祖舉事之前，不過沛縣亭長，陳勝吳廣起時，也只是一介刑徒。自古以來，將相寧有種乎？你也莫太高看了自己，黃家最初也不過一介庶民罷了。我今日雖然落魄，焉知我日後不得飛黃騰達？」

「我再說一句，我不知道月英在哪裡。我今天來見你，也正是為了見她……有一句話贈與黃公：莫欺少年窮。」曹朋說罷，轉身就要走。

黃承彥怒道：「曹家小子，你莫要張狂，難道就不怕我通報張子布關於你的來歷嗎？」

曹朋停下腳步，扭頭看著黃承彥道：「我什麼來歷？我不過是中陽山一介窮小子，得荀先生看重，忝為他的書童。除此之外，你還能告訴張昭什麼？黃公，休要用這等話語威脅我，平白讓我看低了你們江夏黃氏。」

人敬我一尺，我敬人一丈。

黃承彥開口身分、閉口地位，著實惹惱了曹朋。

你黃家百年大族又能怎樣？我憑著自己的雙手，未嘗不能打出一片天地，總好過你們這等人，躺在祖先的餘蔭下過活。

曹朋是個外柔內剛的性子。黃承彥如果好生和他說教，他雖說聽不進去，但也不會翻臉。可是，從一開始黃承彥便擺出一副說教的嘴臉，那高人一等、指手畫腳的樣子，就惹得曹朋不快。

什麼事老子都能忍，可老婆不能讓！既然月英沒有和你在一起，也就說明，她一定是念著我，所以才會離開。如此，我就算是知道了她的下落，也不可能告訴你。

早先對黃承彥尚有幾分敬重之意，可此時此刻，曹朋對他再無半點尊敬之心。

你看不起我，我還看不起你呢！誰能比誰高人一等嗎？

曹朋大踏步離去，只留下黃承彥站在大堂上，氣得渾身打顫。他連連大口呼吸，努力平復激動的心情。

甘寧看著曹朋的背影，眼中流露出一抹稱讚之色。他同樣是個桀驁不馴的人，同樣不得意，淪為他人的護衛。曹朋那一番話，正說到了他的心坎裡：莫欺少年窮！此話甚得吾心。

「黃公，可要教訓一下這小子？」甘寧上前一步，輕聲問道。

黃承彥搖了搖頭，咬牙切齒道：「怎麼教訓？打他一頓嗎？這小子聰明得緊，焉能不知道是誰所為？這時候動手，不但丟了我黃家的顏面，還平白惹了荀家……不過，這小子說起話來，可真夠勁兒！當初在棘水的時候，可沒看出他的血性。」

黃承彥說罷，復又坐下來。

他沉吟片刻之後，輕聲道：「看起來月英的確是沒有找他。他這兩日不在吳縣，月英也不可能找到他。興霸，你說月英會去哪裡？她在吳縣又不認識什麼人，會不會是出了意外？」

甘寧搔搔頭，「小姐為人機靈，而且極為聰慧，應該不會出什麼事。」

「我看，那丫頭一定會找那小子。興霸，你給我盯著他。如果看到月英的話，就把她給我抓回來。這孩子實在是……等返回江夏，定要給她定一門親事，也好過這丫頭整日胡思亂想，也不知道那曹家小子究竟有什麼好。」

「喏！」

「不過……」黃承彥站起來，自言自語道：「曹家小子的詩，的確有些本事。」

他嘆了一口氣，轉身慢慢走上樓。

可憐天下父母心，但有些時候，父母又怎知兒女的心呢？

甘寧搖搖頭，也只能暗自為黃承彥難過：想他黃彣，在荊襄何等人物，今天為了女兒，被曹朋罵得如此淒慘。只是黃公啊……曹朋有句話沒說錯，將相寧有種乎？今日之窮家小子，焉知他日不能飛黃騰達？你的所作所為倒也不能算錯，但你卻未考慮到月英的想法。

不知為何，甘寧聯想到了自己的命運！其實，他和曹朋，何其相似……

曹朋也不知道自己是怎麼回到了驛站，反正回來的時候，衣服都已經濕透了。夏侯蘭問他出了什麼事情，曹朋也沒有心情回答。

枯坐在房間裡，曹朋的腦袋亂哄哄的，一會兒是黃月英，一會兒是闞澤……讓他感覺有些不知所措。心裡面，好像積鬱了一團火。坐在床榻上，整個人就好像要被火焚化掉一樣。

他驀地站起身來，在書案上鋪開一張白絹，在上面奮筆寫下：天行健，君子當自強。

而後，把毛筆一扔，整個人好像虛脫了似的，癱坐在地上。那失魂落魄的模樣，把夏侯蘭嚇得不輕。

「阿福，你沒事兒吧？」

「我沒事……只是這心裡，不舒服。」

「是嗎？如果你不介意，不妨和我說說。以前我學藝的時候，也會心裡不舒服。每次感覺不舒服的時候，我就會去找子龍傾訴。心裡有什麼話，說出來就舒服了……要不，你試試？」

夏侯蘭關切的話語，讓曹朋心裡面感覺暖暖的。

他笑了笑，剛準備開口，卻聽房門篤篤篤，被人敲響。緊跟著，房門拉開，荀衍站在門外。

「阿福，我想好了！」

「啊？」

「我決定，後天一早便啟程返回穎川。」

「什麼？」

「其實，我繼續留下來也沒什麼意思。該做的事情都已經做了，再繼續待下去，我心裡會不舒服。反正王景興在，聯姻之事有他一手操持就好，也不需要我再去花費什麼心思。就這樣吧，你這兩日收拾一下，明日一早我去向張子布辭行，咱們先到廣陵，然後我會返回許都復命。」

說罷，荀衍掉頭就走了。

只留下曹朋和夏侯蘭站在房間裡，面面相覷，不知道該如何是好：亂了，一下子全都亂了套！

章四

錦帆隨行

按道理說，荀衍身為副使，本不應該提前撤離。

但由於他此次前來江東，並非是為了談判，所以和東吳的溝通一直是由王朗負責，荀衍並沒有參與其中。幾次較為正式的談判，荀衍也是默默坐在一旁，從來不會發表自己的意見。這使得他在使團中的身分頗有些尷尬，王朗對荀衍的這種不作為，其實也是頗有微詞。

而且，荀衍的存在，也使得王朗有些為難。

他身為主使，但無論是在名氣地位還是出身，都無法和荀衍相提並論。這也使得王朗在談判中，有些時候必須顧及荀衍的存在。

總之，荀衍提出離開，王朗沒有意見。本來嘛，更換使者，是很正常的事情。

張昭雖竭力挽留，但荀衍去意已決，張昭也沒有辦法。

第二天，張昭在府衙中設宴，為荀衍餞行。荀衍也是談笑風生，與眾人相處甚歡，但回到驛官之後，他就長出了一口氣。

此次江東之行，荀衍並不似表面看去那麼輕鬆自如，如今可以離開了，心中的大石也隨之放下。

曹朋和夏侯蘭把行李收拾妥當，做好了離開的準備。

不過，在離開之前，曹朋又在吳縣走了一圈。他去了鄧尉山，拜了司徒廟，凡是當初他和黃月英一起去過的地方，都走了一遍。在他想來，黃月英既然在吳縣兩眼一抹黑，那也不可能跑得太遠，很可能會藏在某個有紀念意義的地方，等待他去尋找……可是，他一無所獲。

心中的失落，無須贅言。

同時，還有一種焦慮急躁的情緒，使得曹朋坐立不安。

但不管怎樣，他都必須離去。他本就是荀衍私募來的人，並不在使團名冊之中。如果荀衍走了，而他不走，王朗也不會理睬他，甚至不會允許他繼續居住在驛站，那問題可就大了。

懷著牽掛，曹朋又度過了一個不眠之夜。

天亮後，荀衍登上馬車，在張昭等人的護送下，駛出吳縣城門。

一個多月前，他們從這座城門進入吳縣；一個多月後，他們離去，卻懷著不同的心思。

荀衍和張昭等人拱手道別，而後返回車廂。曹朋坐在副手的位子上，卻顯得心神不寧，坐立不安。

「阿福，你這是怎麼了？」

已近仲夏，天氣一天天炎熱起來，所以車簾並未垂下，荀衍坐在車中，可以清楚的看到曹朋的一舉一動。

「先生，我想留下來。」在躊躇許久之後，曹朋一咬牙，對荀衍輕聲道。

「留下來？」荀衍聽聞就是一怔，詫異的看著曹朋。「阿福，你留下來做什麼？你爹娘，還有你姐姐和內兄，可都在江北，為何要留在江東？」

曹朋一聽，就知道是荀衍會錯了意。他連忙擺手道：「荀先生，您誤會了……我留下來並非要投江東，而是……」

「那究竟是怎麼回事？」

曹朋雙頰透紅，輕聲道：「先生，事情是這樣子的……」

他低聲把自己和黃月英之間的事情，告訴了荀衍，並把黃月英離家出走，如今下落不明的情況一併告知。

「我知道，月英一定還躲在吳縣。我如果回去了，豈不是害了她？她在吳縣也不認識人，肯定是東躲西藏，躲避她阿爹的尋找。我是擔心……所以我要留下來。」

荀衍怔怔看著曹朋，突然間笑了。

「未曾想，此行江東，倒是撮合了一段姻緣。只是你怎麼不早與我說呢？我就不用急著走。你現在回去，未必有用處，王景興斷然不會收留你，而你貿然出現在吳縣，勢必會引起張子布的懷疑，反而不美……」

「不過咱們現在已經出來了，再返回也不合適。我記得在前面有一家車馬驛，咱們今天就在那邊停留一晚。我派人連夜趕往華亭，請陸家出面幫忙尋找……陸家，可是還欠了你一個人情。陸家聲勢雖說比不得當初，但這個人脈還有。有他們出面，好過你一人留在吳縣。」

曹朋想了想，也覺得很有道理。

自己回去，肯定會有諸多不便。別的不說，單就黃承彥便不會善罷甘休。到時候找到了黃月英，再被黃承彥帶回江夏嗎？曹朋可不認為自己能鬥得過甘寧。哪怕再加上夏侯蘭，也不是甘寧的對手。如果被黃承彥帶回江夏，那黃月英只能做別人的老婆，曹朋當然不同意。而陸家出手的話，不但可以避免許多不必要的麻煩，還能瞞過黃承彥的眼睛。

最重要的是，陸家找起人來，遠比自己一個人大海撈針容易許多。

「既然如此，就依先生。」

一路上，荀衍極為八卦的詢問起曹朋和黃月英之間的事情。也許是在經歷了陸績一事的刺激之後，荀衍對男女之情似乎開放了許多。

「江夏黃氏，倒也確是一個麻煩事。黃承彥這個人我聽說過，德行倒是不差，不過有時候過於呆板……呵呵，不過你指著他鼻子罵，似乎也不太合適。不管怎麼說，人家的女兒被你拐走了，換作是誰，都不會有好臉色。」

「我也知道，只是當時氣憤，有些忍耐不住。」

「好啦，這件事你別放在心上。等找到那黃家女娃之後，先回廣陵，而後我會設法與黃家聯絡，到時候幫你說項一番。黃承彥若是還不肯答應，那你也不用擔心，咱們再想辦法就是。」

這一番話，也充分的表明了荀衍對曹朋的態度。

曹朋的心情總算是放鬆許多，不再復早先那種抓耳撓腮，坐立不安的舉動。

距離吳縣城外三十里，臨近震澤湖畔，有一家車馬驛。

隨著江東的局勢漸趨穩定，昔日繁華的大道漸漸恢復了生機，往來於江南江北的豪商賈人又多了起來。揚州雖說比不得中原的繁華，但景色秀美，物產豐富，故而頗為熱鬧。只因為揚州地區山越眾多，後來又因為黃巾之亂成了重災區，所以漸漸荒涼。隨著黃巾被剿滅，揚州士家可是聯手打壓山越土著，而官府也隨之加強了對揚州的控制。

孫策更是個手段強硬之人，自占領吳郡以來，傾剿匪患、打擊山越，更不留餘力，這也使得江北江南的商路漸漸恢復了往日繁華景象。

車馬驛臨湖而建，景色怡人。

驛站中有不少客人，有的是路過此地吃飯，有的則是在這裡歇腳，暫居。

曹朋等人進入車馬驛之後，立刻有驛丁迎上前來。車馬驛的性質和官驛又不太一樣，官驛不對外，主要是負責接待過往官員和信使；而車馬驛則屬於商用，所以驛丁更加熱情。

曹朋從車上跳下來，準備攙扶荀衍下車，忽聽耳邊響起一聲嬌柔呼喚：「阿福！」

曹朋心裡一顫，全身的汗毛在剎那間都乍立起來。他呼的轉過身子，順著那聲音的方向看去。只見在臨湖的一個窗內，有一個少女，身著翠綠長裙，一臉燦爛的笑容。

「月英……」

曹朋顧不得攙扶荀衍下車，三步兩步就衝了過去。

兩人隔著窗子，默默相視。

片刻後，黃月英雙頰羞紅，再次歡叫一聲：「阿福！」

「月英！」

千言萬語，似乎在這一刻匯聚成了兩聲簡單的呼喚。曹朋笑了，那笑容格外燦爛；黃月英也在笑，在窗外的垂柳映襯下，更顯少女柔美。

荀衍站在車上，忍不住問道：「那就是黃家的女娃嗎？」

夏侯蘭點了點頭，「就是她……這丫頭膽子可真大，居然一個人……咦，那不是闞德潤嗎？」

一個青年，出現在黃月英身旁。曹朋看著對方，有些吃驚。

闞澤？他怎麼會在這裡？

「你們總算是來了……我正說準備回去，打聽一下你們的行程，順便通知你一聲。」闞澤完全無視曹朋驚訝的目光，一臉苦色，「阿福，煩你去結一下帳吧，我如今可是身無分文。」

「客官，還要住店嗎？」車馬驛的驛丁有些疑惑的詢問。

「不住了、不住了……立刻調轉車頭，咱們繼續趕路。」

荀衍笑呵呵一擺手，復又退回車中。

夏侯蘭趕著車，退出了車馬驛。而曹朋這時候則幫著闞澤和黃月英結了帳，闞澤趕著一輛牛車，吱紐吱紐的從車馬驛駛出。

「就這輛車仗，幾乎耗費了我所有積蓄。你們如果不出現，我都打算把這牛車變賣了抵帳……不過，你們怎麼這麼早就離開，沒有隨大隊人馬？」站在牛車旁，闞澤笑道。

「闞大哥，你這是……」

「阿福，你不是說，讓我去幫你嗎？我可要說清楚，我幫你可以，但你要頓頓管我吃飽，衣物全部由你出，我可是費了好大的勁才下定決心。」

曹朋忍不住笑了。

「會趕車嗎？」

「呃，會！」

闞澤把鞭子往曹朋手裡一塞，「那你來趕車。」

「那你呢？」

「我……呵呵，我去坐車。」

闞澤說完，快步走到荀衍的馬車旁，朝著車裡作揖，與荀衍說了兩句，便坐到了夏侯蘭身邊。

曹朋看了看闞澤，又扭頭看了看黃月英，立刻明白了闞澤的意思。

「月英，妳上車。」說著，他上前伸出手去。

黃月英紅著臉，撩起衣裙，登上了牛車。

曹朋又跑到馬車旁邊，從車上取下河一寶刀，掛在牛車上。隨後，他跨上車，手中鞭子一甩，「先生，我們啟程嘍！」

「走嘍，走嘍！」夏侯蘭在前面高聲呼喊，甩鞭催馬。

牛車吱紐吱紐的駛上官道，慢悠悠跟在馬車後面，向前行進。

「月英，妳和闞大哥怎麼會在這裡？」

黃月英瑤鼻一擰，抬起皓腕，亮了一下手腕上的紅豆手珠，「還不是因為你這紅豆惹的禍？」

「哦？」

「本來阿爹並不急著走，可是看到你寫給我的詩，還有這串紅豆，阿爹突然改變主意。就在你去華亭的當天，阿爹就急匆匆的說要回家。我也是被逼得沒有辦法，只好從後窗爬出去，悄悄從德儒世父家的後門溜出來。我當時也無處可去，想了好久，決定去找闞大哥。」

「闞大哥是個好人，聽說之後，二話不說便向驛官請辭。趁著阿爹還沒有反應過來，闞大哥第二天一早便帶著我悄悄離開吳縣……我們離開吳縣之後，身上又沒帶多少錢帛，所以就在這家車馬驛住下。闞大哥說，你這兩天就會從華亭回來，到時候他回去和你聯絡。我們在這裡住了四天，你們今天若沒出現，闞大哥就會趕去吳縣了。」

「原來如此……」

「阿福，你說阿爹他會不會很生氣？」黃月英話鋒一轉，粉靨浮起一抹焦慮之色。

何止是生氣，妳爹都已經咆哮了……

曹朋伸出手，握緊了黃月英的柔荑，「月英，妳別擔心。黃公身邊有人跟隨，不會太氣憤。等咱們過了毗陵之後，就透過淩亭驛送書信過去，告訴黃公妳安然無恙，只是隨我去東陵亭散心。休若先生剛才已答應我了，等他回去穎川，就會派人往江夏提親，妳看如何？」

黃月英想把手抽出來，可是曹朋卻緊緊握住。

雙頰通紅，她輕輕點了一下螓首，從鼻中發出一聲輕若蚊蚋般的聲音，算是同意了曹朋的主意。

曹朋心中，登時大喜。

「對了，甘大哥可是知道妳認識闞大哥的事情，他沒有找過來嗎？」

「笨蛋！」黃月英嗔怪道：「若是甘大哥找上門來，我現在又豈能和你坐在一起？壞了……」

「怎麼？」

「甘大哥這人的心思很縝密，他若是盯著你，那我豈不是走不了啦？」

曹朋身子一顫，登時露出緊張之色，「月英，要我說，妳肯定過慮了。甘大哥他……」

曹朋話音未落，忽聽前方一陣人喊馬嘶。緊跟著，就聽到荀衍的家將厲聲喝道：「何方毛賊，竟敢阻攔道路，還不給我讓開？」

這喊喝聲尚未落下，一聲清脆的鈴鐺響便傳入曹朋的耳中。

希聿聿，戰馬嘶鳴。

伴隨著家將兩聲慘叫，便旋即聲息全無。

「大小姐，您這樣不告而別，黃公可是擔心得緊呢。曹公子，請出來一見，甘寧在此恭候你們多時了……爾等休得上前，否則休怪甘寧手辣！」

最後一聲暴喝，猶如巨雷在空中炸響。

「是甘大哥！」

黃月英頓時花容失色，而曹朋心裡，卻暗自叫苦。

不過，他也知道，既然甘寧在這裡出現，那麼想要輕易離開，恐怕也沒那麼容易。心下一橫，他止住牛車。

「月英，妳在車上，不要下來。」

說罷，曹朋探手抄起麂皮刀囊，頭也不回大踏步往前走，高聲喝道：「甘興霸，曹朋在此！」

甘寧帶著十餘名僮客，攔在大路中央。

花色錦緞子戰袍，外罩一件襌衣。長髮盤髻，有銀環束髮，顯得精神抖擻。他手持一口龍雀大刀，面容沉靜。看到曹朋走出來，甘寧露出一抹笑意，朝著曹朋輕輕頷首，權作招呼。

「曹公子，把大小姐交出來，我放你們通行。」

他一隻腳，踩在一個家將的頭上，神色顯得很輕鬆。不遠處，還有一個家將倒在地上，看樣子好像昏迷不醒……

「阿福，這傢伙很厲害！」夏侯蘭表情凝重，把曹朋攔下來，「讓我來對付他。」

「你不是他的對手。」曹朋輕聲道了一句，甩開了夏侯蘭的手。

夏侯蘭是好意，可曹朋卻不能害了他。說穿了，夏侯蘭的武藝這一年裡雖有提高，但也不過是在二流巔峰。可是甘寧，那可是在《三國群英傳》裡武力值高達九十五的牛人，絕非夏侯蘭可以抵擋。

「甘大哥，給條路走，怎樣？」

「當然可以，把小姐交出來，我自然放行。」

「月英與我情投意合，我斷然不會讓她離開。」

「那就是沒得商量了？曹公子，你可要想清楚了……黃公可是交代，誰若阻攔，死活不論。」

甘寧的面部輪廓很柔和，不似呂布和孫策那樣稜角分明。可是在他說出這一番話的時候，曹朋卻生出毛骨悚然的感受——這傢伙，不會比呂布、孫策好對付！

可是讓曹朋放走黃月英，那是萬萬不可能。

他絕對不會允許黃承彥回去之後，再給黃月英找一個老公。

黃月英的老公，只能是我！

曹朋一咬牙，鏘的一聲，從麂皮刀囊中抽出河一長刀。

近兩米的大刀，比曹朋還高。在他手中撲稜一翻，給人一種極為古怪的感受。那刀口流轉的暗紅色血光，在陽光照映下，透著一股妖異之氣。即便是甘寧，也不禁為之臉色一變。

刀囊甩手扔給夏侯蘭，曹朋的精神，在剎那間進入一種有我無敵的奇妙境界。

「甘大哥，我再說一次，我不會讓月英離開。」

「既然如此……曹公子，咱們交情不差，我也不想為難你。我就站在這裡，只要你能讓我退出十步，就算你贏。黃小姐的事情，我不再插手……但如果你輸了的話，黃小姐就要……」

「輸了你也別想帶走月英。」

曹朋根本不等甘寧說完，踮步凝視，唰的撲出。

雙手緊握刀柄，河一長刀隨著曹朋的身形劃出一道弧形刀芒，凶狠的向甘寧斬去。甘寧的眼神頓時一凝，俊朗的面容上露出一抹冷色，也不見他動作，龍雀呼嘯著，斜撩而起。

叮噹！

清脆的鈴鐺聲，在曹朋耳邊響起。

那聲音，似蘊藏著一種奇異的力量，竟然使得曹朋的心神一亂，他連忙硬生生止住身形，旋身變招。甘寧的龍雀，帶著一抹冷芒，從曹朋身前掠過。也沒見他邁步向前，可是那大刀就好像突然加長了一樣，險些把曹朋開膛破肚。

好快的刀！曹朋不由得在心中暗叫一聲。明明是他先出招，而且已經是使出全力，卻仍舊比不得甘寧的速度。

後發先至，刀氣迫人。

甘寧已深諳刀中三昧，那種似慢還快的招數，足以令人產生強烈的視覺差異，令曹朋出了一身冷汗。甘寧一刀既出，便搶了先手，隨後一刀快似一刀，如長江之水般，連綿不絕……

每一刀，看上去速度並不快，可是到了半空卻突然加速。忽快忽慢，刀光閃閃。只看得一旁的夏侯蘭瞠目結舌……

鐺鐺鐺，如同雨打芭蕉的金鐵交擊聲不絕於耳。

刀光驟然消失，再看曹朋，狼狽的一個懶驢打滾，滾出去十餘步，方才脫出刀勢，站立起來。而甘寧，依舊立於原地。龍雀依舊是斜指地面，好像他從頭到尾都沒有動過。

「子幽，阿福好像情況不妙。」荀衍忍不住開口道。

他根本就沒有看清楚剛才雙方是如何交鋒，明明是曹朋在往前衝，可是刀光一閃，曹朋就一個懶驢打滾，向後倒退。那電光石火間是何等的凶險，荀衍體會不出，但他可以看得出，曹朋完全不是甘寧的對手……

何止是不妙！夏侯蘭心中叫苦。他知道甘寧很厲害，但是卻沒有想到甘寧會是如此可怕。這分明是個可以比擬典韋、許褚之流的悍將！就算是贏不得典韋或許褚，也相差的不會太多。

這麼一員悍將，為何從未聽說過？

這時候，莫說是夏侯蘭，就算是夏侯蘭和曹朋聯手，恐怕也不是甘寧十合之敵。

而身處刀光之中的曹朋，則有另一番體會。

勢！

甘寧已經成就了他的『勢』！

每一個超一流的武將，都有他們獨特的『勢』。

典韋的『勢』，如山中猛虎；呂布的『勢』，恰如大漠疾風；孫策的『勢』，好似一團烈焰，而甘寧的『勢』，就好像滔滔江水，延綿不絕。

甘寧的刀法，絕不是疾風暴雨式的攻擊，可一旦發出，就好像長江之水，一浪接著一浪，一浪比一浪強。感覺著，就有點類似於後世的『長江三疊浪』，但是卻更自然，更純粹。他每一刀的力量都不大，但勝在延綿不絕，出刀輕柔，中途發力，刀勁疊加……

這聽上去好像並不是很困難，可是要做到如甘寧這般收發自如，沒有一番苦功夫，斷不可能。

曹朋的臉色，變得煞白。

而甘寧仍舊是一臉的平靜，只是那目光中，透出不屑之色，似乎是在說：只這點本事，也敢出來叫囂嗎？

「阿福……」黃月英跑到隊伍前面，看到曹朋那狼狽的模樣，忍不住淒苦叫喊。

「妳別過來！」曹朋大吼一聲，呼的一下子站起來。

甘寧卻柔聲說道：「黃小姐，妳和黃公有什麼不妥，大可以把話說明白，何必要鬧得這麼僵呢？只要妳和我回去，我立刻放他們走。妳可要想清楚，再動手，我可不會再手下留情。」

「阿福，我……」黃月英眼中，淚光漣漣。

曹朋心中大急，怒喝一聲，「月英，妳不要聽他胡說八道！妳要是回去……妳要是回去我就立刻自刎！」

「啊！」聽到甘寧的勸說，黃月英著實有些心動，她實在是擔心曹朋會受到傷害。可是，聽了曹朋的這句話，那剛剛動搖的心，立刻又平定下來。

「馬上給我退回去，爺們兒的事情，自然用爺們兒的手段來解決。」

曹朋頭也不回，凝視著甘寧，深吸一口氣，邁出一大步，一隻腳在前，一隻腳在後，雙手握刀，刀橫身前。

「甘興霸，我敬你是好漢，你有本事儘管殺我，看我會不會低頭！」

那刻印在骨子裡的倔強，使得曹朋絕不會低頭認輸，更不會允許送出自己的女人來苟全性命。
黃月英聽罷，再也沒有說話。但是從她臉上的堅定可以看出，如果曹朋出了事，那她也絕不會獨活。
面對這種局面，荀衍可是一點忙都幫不上。他看了一眼夏侯蘭，那意思是說：過去幫忙啊！
可是夏侯蘭卻搖了搖頭。
這種事情，誰都幫不上忙。曹朋在爭取自己的幸福，絕不會允許別人插手。
當然了，就算夏侯蘭插手，也沒什麼用處。他腦海中驟然閃過一個念頭：若子龍在這裡，焉能使甘寧猖狂？
甘寧眼中的輕視之色，漸漸隱去，取而代之的，卻是凝重之色。
他嘆了一口氣，沉聲道：「曹公子，你這是在找死。」
「與你何干？」
曹朋話音未落，猱身向前兩步，作勢便要攻擊。甘寧冷笑一聲，抬刀就要迎擊……對普通人而言，曹朋的身手的確不差，但是在甘寧的眼中，曹朋這點本事還不足以讓他重視。
他凝重，不是因為曹朋的武藝，而是因為他的骨氣。那種剛烈氣概，讓甘寧也不禁暗自讚嘆。
但讚嘆歸是讚嘆，卻不代表甘寧會就此罷手，放曹朋和黃月英離開。

就在甘寧準備出手的一剎那，一抹寒光呼嘯飛來。鐵流星挾帶巨力，閃電般砸向甘寧，甘寧不由得眉頭一蹙，心道一聲：端地好暗器！

曹朋出手之快，竟是甘寧也沒有看清楚，他是怎麼發出鐵流星。

不過，甘寧並不在意，一刀劈出。

手腕上鈴鐺叮鈴一聲輕響，帶著無盡的魔力。龍雀呼嘯，刀光似電……可眼看著十拿九穩的一擊，卻落空了。又是一點寒星飛出，第二枚鐵流星唰的趕上前，鐺的一聲，正砸在了第一枚鐵流星上。白猿通背拳中的流星趕月手法……第一枚鐵流星受到撞擊之後，驟然加速。

甘寧這勢在必得的一刀，竟生生劈空。

鐵流星朝著甘寧面門飛來，迫得甘寧不得不向後退了一步，閃身躲過。

也就是在這一閃身的剎那，曹朋掄刀已到了甘寧跟前。河一大刀掛著一聲厲嘯，朝著甘寧劈來。甘寧連忙再次後退，剛要出刀，可是曹朋的大刀猛然在空中一頓。腳踩陰陽步，曹朋錯步前進，大刀在半空中陡然發力，刀速甚至比先前更加迅猛，快如流星閃電一般……

「咦？」甘寧不由得發出一聲輕呼，閃身躲避。

可曹朋的河一大刀，在空中再次一頓，而後斜斬發力，刀勢更猛。

就這麼連續十餘刀下去，看得甘寧如醉如痴，連連叫好。不得不說，曹朋的刀法很奇妙，特別是那種短途發力的技巧，與甘寧的長江三疊浪，有著異曲同工之妙，讓甘寧不由得見獵心喜。

手中龍雀，鐺鐺鐺連續封擋，任由曹朋那疾風暴雨式的攻擊襲來。

甘寧不慌不忙，任由曹朋攻擊，但臉上的喜色越來越濃。

「好刀法，好刀法！」甘寧連聲稱讚，「但如果你就這點本事，可休想從我手中討得便宜。」

說著話，他猛然向後退一步，只是在腳落地的剎那，身體猛然繃緊，龍雀大刀嗡的一聲刀嘯，整個人就如同一頭蓄勢待發的猛虎般。兩口大刀在空中凶狠的撞擊一處，巨大的力量使得曹朋雙手虎口迸裂，鮮血淋漓。而甘寧只是頓了一下，再退一步後，便要發動反擊。

只一刀，便破解了曹朋的招數。

超一流武將和二流武將的差別，在這一刻顯示的淋漓盡致。

「你輸了！」夏侯蘭突然間大聲叫喊，「你退了十步，甘寧，你已經輸了……」

大刀在半空中頓住，甘寧愕然扭頭，朝著夏侯蘭看去。

就見夏侯蘭一臉驚喜之色，使得甘寧有些不明所以……他低下頭，看了一眼自己的雙腳，而後又抬頭看了一眼前方那拄刀站立、氣喘吁吁的曹朋。

「甘興霸，十一步，你退了十一步。」

在電光石火間，甘寧不知不覺後退十步，加上剛才退後的一步，正好十一步！

他瞪大了眼睛，看著曹朋。

而這時候，黃月英衝上前來，將曹朋攙扶著。

這看似平淡無奇的十一步，卻耗盡了曹朋所有的力量。整個人此刻已處在人去樓空的境地，如果甘寧剛才那一刀揮出，曹朋連躲避的力氣都沒有。

大口喘著氣，曹朋一臉燦爛笑容。

甘寧的面頰，一陣劇烈抽搐，一雙虎目凝視著曹朋，半天不說一句話。

氣氛，陡然間變得格外緊張。夏侯蘭已經抽出丈二龍鱗，蓄勢待發。只要甘寧敢出招，他會毫不猶豫的撲過去。而荀衍更是下意識的握緊了拳頭，緊張的看著甘寧，等待他開口。

「我輸了！」片刻後，甘寧突然笑了。「曹公子，不需十年，你我可公平一戰？」

「固所願也，不敢請耳。」

曹朋這時候，是絕對不會退讓半分。同時，心裡更有無限自豪：雖然我現在不是甘寧的對手，可至少，我已得到了甘寧認可！

「月英！」

從路旁的疏林中，駛出一輛馬車。黃承彥從車上探出頭來，「妳這丫頭，還不給我過來！」

「阿爹？」

「甘寧，你……」

甘寧苦笑一聲，看著一臉驚怒之色的曹朋，露出一抹羞愧之色。「曹公子，不管怎麼說，黃公是黃小姐的父親。我覺得，有什麼話，你們最好是當面說清楚。」

「荀先生……」當黃承彥出現的一剎那，闞澤向荀衍看去。

荀衍猶豫了一下，旋即邁步上前。

「阿爹，我不和你回去。」

「妳……」黃承彥一臉無奈之色。原以為甘寧出手，足以解決事情，哪知道……事到如今，他不出面都不太可能。可是，他即便是出面，又能如何？女兒剛才已經表明了她的態度，同時黃承彥也看得出來，曹朋是真心喜歡黃月英。也許，月英跟著他，也是個不錯的選擇？

只是這念頭，旋即消失。

黃承彥沉聲道：「月英，妳真的要和他走嗎？」

不等黃月英回答，荀衍走上前來：「黃公，在下穎川荀衍。」

他搭手一揖，使得黃承彥也不得不下車還禮。

「休若，你莫要說話。我只問月英一句話……月英，妳可想好了，真的要和這小子在一起？」

黃月英下意識抓緊了曹朋的胳膊，眼淚汪汪，垂下螓首。

「黃公……」曹朋開口。

「你給我住嘴！」黃承彥怒吼一聲，喝止了曹朋。

「阿爹……」

黃承彥嘆了口氣，輕聲道：「月英，既然妳已經做出決斷，阿爹也知道讓妳改主意很難。小子，你好好待月英，莫要讓她受了委屈。」

「啊？」曹朋頓時愣住了，詫異的看著黃承彥。

荀衍長出一口氣，上前拍了拍曹朋的肩膀，「還不過去，見你丈人？」

「我……」

「慢著！」黃承彥厲聲喝止，「月英跟你走，是她的決斷，和我無關。我，是絕不會同意你和月英在一起，所以『丈人』二字，我當不起。小子，你不是說『莫欺少年窮』嗎？我會盯著你，看著你如何證明這句話。」

「阿爹！」黃月英悲呼一聲，撲通跪在了地上。

而曹朋卻沒有弄明白這究竟是怎麼一回事。

「月英，從現在開始，妳與我江夏黃氏，再也沒有關係。」

說罷，黃承彥一咬牙，朝著荀衍拱手一揖，頓足轉身便登上馬車。

這老兒，竟然和月英斷絕了父女關係？曹朋瞪大了眼睛，有些不知所措。他喜歡黃月英，可是卻沒有想過，讓黃月英拒絕做黃承彥的女兒。這人倫大防，曹朋不是不懂，只是他沒有想到，黃承彥居然做的如此乾脆，如此決絕……

看著黃月英悲慟模樣，曹朋頓時手足無措。

他上前想要喊住黃承彥，卻被荀衍拽住：「阿福，別衝動。」

「可是……」

「黃公此舉，也是不得已而為之。若不如此，他江夏黃氏必被人恥笑。他要維護黃家的臉面。」

曹朋停下腳步，一時間不知道說些什麼才好。為了家族的顏面，就可以斷絕父女親情嗎？

「其實，他給了你答案。想要月英重歸門牆，你就成就一番事業吧。」荀衍說罷，用力拍了拍曹朋的肩膀，轉身離去。

「曹公子，方才多有得罪，還請你見諒。」

甘寧看了看有些呆滯的曹朋，又看了一眼跪在地上淚漣漣的黃月英，搔搔頭轉身離去。

黃承彥的馬車，漸行漸遠。

曹朋上前，輕柔的將黃月英攙扶起來。

「月英，妳放心，總有一日，我會令妳風風光光，重回江夏。」

章四 錦帆隨行

「阿福！」黃月英失聲痛哭，撲進曹朋懷中。

曹朋將她用力擁在懷裡，目光朝著黃承彥離開的方向看去：我發誓，我絕不會讓她受委屈！

章五
海陵尉

馬車悠悠，沿著大路行進。

「停下！」

坐在車子裡一直閉口不言，好像是睡著了一樣的黃承彥，突然間發出命令。

倉促間，馬車一陣搖晃，在大路上停住。甘寧縱馬上前，伏身在車窗旁邊問道：「黃公，有何吩咐？」

「興霸，你來荊州，多久了？」

「呃，卑下興平元年因劉璋反扈瑁，而逃離巴郡，至今已有四年。」

甘寧不明白，黃承彥為什麼會突然提出這個問題，於是小心翼翼的回答。他已非當年那個可以為所欲為，憑著自己喜怒而行事的甘寧。在經過無數次挫折和失敗後，甘寧變得成熟許多。若在以前，他定然會毫不猶豫的給出黃承彥一個答案，而今，他必須要三思才做回答。

黃承彥陷入了沉默。片刻後，他輕聲道：「劉荊州，非成就大事之人。」

「啊？」甘寧激靈靈打了一個寒顫，不明白黃承彥為什麼會說出這等大逆不道的言語。

「劉景升初至荊襄，倒是表現出幾分硬氣，只可惜他好文事多於武事，坐擁荊襄九郡，進可得江東六郡，退可得益州十四郡一百四十六縣，卻至今未能成事。你留在荊州，恐難有大作為。劉荊州不喜軍事，注定了不可能用你；黃承育雖通武事，但也非能容人之人。」

「你才能若輸於承育，或許尚有一些成就。可你的才能……承育遠遜色於你，也注定了你不可能在江夏得到機會。興霸，你一路隨我，盡心盡責，我都看在眼中。但我也不想耽擱了你，所以才有這些言語。」

甘寧默然，不知道該如何回答。

黃承育，就是黃祖。

根據許慎的《說文》，祖，有生育之意。

黃承彥傳承文學家風，而黃祖則傳承血脈。這也恰好符合兩人情況，黃承彥膝下無子，而黃祖膝下有子。承育，就是傳承生育血脈之意。

黃承彥嘆了口氣，「我現在給你指點兩條路。」

他沉默了一下，輕聲道：「一個是留在江東。孫伯符有大志，也有識人之明，早晚必能成就事業。以你才學，早晚必得孫伯符所器重。但東吳尚有一個問題，孫策剛強，但剛則易折。我不知道他能否長久，故而也說不得日後狀況。」

「另一條路，則是去投曹公。曹公雄才大略，奉天子以令諸侯，非等閒之人。其人求賢若渴，頗有識人之能。但曹公帳下猛將如雲，典韋、許褚皆當世悍將，與你可相得益彰。不過，你性子剛烈，易得罪人，若無人扶持，也難有作為。」

甘寧猶豫一下，輕聲道：「莫非，無第三條路？」

「第三條路……我想請你去輔佐曹家小子。」

「啊？」

「曹朋年紀雖小，但也不是普通人。只看他父親，到了許都便成為諸冶監監令，掌天下兵械鑄造；其內兄鄧稷，更在短短時間成為海西令。海西那地方很亂，鄧稷能夠在那麼短的時間裡在海西站穩腳跟，不僅僅要有才能，他背後定有依持。曹朋此子能辨是非，明輕重，而且與曹公帳下許多權貴相熟，看荀衍的架式，似乎很器重他。」

「你當知道，穎川荀氏四代人傑，可算得上是關東豪門。有荀氏相助，曹朋早晚必能有成就。只是他現在根基尚淺，還需要有人扶持。你這時候前去，即便一時不得已，日後卻會有諸多機會建立功業。同時……還能代我照拂阿醜，免得被那小子欺負。興霸，你可能答應我？」

黃承彥話語中，帶有哀求之意，令甘寧也不知道該如何拒絕才是。

不可否認，他對曹朋印象不錯，可讓他去幫助曹朋……

想他甘興霸，當年也是蜀郡補郡丞，如今，卻要為一個毛頭小子效力嗎？

甘寧臉色，陰晴不定。他想要拒絕，可又覺得黃承彥所說有道理。他現在所差的，就是一個靠山，可問題是，曹朋能成為他的依持嗎？

「黃公言曹朋會有功業，為何又不願意……」

黃承彥嘆了口氣，打斷了甘寧的話：「其實若是在平常，似今天這種局面，我可能就點頭了。但是現在，黃家正處在風口浪尖之上。承育斬殺禰衡，罔殺名士之名，已使得黃家焦頭爛額。如果我把女兒再嫁給一個無名小卒，哪怕我知道他日後會有功業，旁人也不會去在意。承育剛強，也得罪過不少人，所以不曉得會有多少人盯著我們，等著看我黃家的笑話……此情此景，我焉能答應曹朋？」

甘寧臉上頓時露出恍然之色，默默頷首。

「我今日與月英斷絕關係，也是迫不得已。我不想月英隨我回去後，變得鬱鬱寡歡，但我也不能在這個時候，給黃家平添一個被別人恥笑的藉口。可能你還不知道，當初那曹朋曾與龐季相熟，更得司馬德操稱讚，後來險些被龐德公收為門下弟子。但此事……」

「一個能被鹿門山二龐和司馬德操同時看重的人，又豈是易與之輩？我知道你心裡可能委屈，可我卻覺得，你若隨曹朋，不出十載，必可得功業。」

話，說到了這個分上，黃承彥算得上是懇切……

這一番推心置腹的言語，使得甘寧有些感動，同時也為之心動。

歷史上，甘寧在建安十二年投靠孫權，至建安十三年，手下也不過千人而已。真正使甘寧成名，並在東吳站穩腳跟，還是建安十八年濡須口之戰，而後才得孫權所信任。

而今，建安三年。甘寧當然不可能算出十五年之後的事情。

其實，若曹朋真能做大事，隨他倒也不錯。至少曹朋待我還算親熱，不似劉景升和黃承育那般冷冰冰，好像陌生人一樣。

甘寧猶豫片刻，輕聲道：「寧願從黃公指點。」

黃承彥走出馬車，朝著甘寧搭手一揖，「如此，月英拜託興霸，我回江夏老家，也能心安。」

「既然如此，我何時前往？」

「興霸現在就可以前去……」

「那黃公您的安全？」

「我一介老頭子，又能有什麼危險？再者說了，我隨行尚有這麼多人，你不必擔心我的安危。回江夏後，我會設法將你門下僮客招至江夏，為他們開設一莊，供他們居住，你只管放心。」

甘寧沉吟片刻，翻身上馬。

只見他在馬上撥轉馬頭，朝著黃承彥拱手一揖，「黃公，那我去了。」

「興霸一路小心。」

甘寧二話不說，催馬沿著原路返回。

馬蹄聲漸行漸遠，在日暮下，失去了蹤跡，只能看到隱隱塵埃。

黃承彥用手捂著嘴，一雙老眼裡，閃過一抹水光。「阿醜，阿爹能為妳做的，也只有這些！但願得，妳沒有看錯人，但願得有朝一日，妳能衣錦還鄉。」

自言自語畢，黃承彥轉身登上馬車。

「我們走！」

隨著他一聲令下，馬車再次行進，沿著一條與甘寧完全相反的道路行去……

建安三年五月初八，甘寧於淩亭附曹朋。

當甘寧把黃承彥的那一番言語告知黃月英時，黃月英淚流滿面，朝著江夏方向，遙遙三拜。

而曹朋也很高興！

甘寧，那可是三國時期少有的悍將。

對於一個懷有收藏名將牛人情結的穿越眾而言，甘寧無疑是曹朋身邊第一個真正意義上的名將。雖說之前有魏延，但似乎和甘寧還差了一個檔次。而且嚴格說起來，魏延是曹操的人，並不是曹朋的人。

也許曹朋和魏延有生死之交，可是兩人行進的方向卻略有偏差……

也許，在將來某日，兩人會重新走在一起。

但未來，誰又能夠知曉？

所以，甘寧的到來，使得曹朋更多了幾分自信。

這一點在他和荀衍交談時，更展現的淋漓盡致……

內有步騭，外有闞澤，武有甘寧、夏侯蘭，日後還可能會有趙子龍？曹朋的班底直到此時，才算是有了一個雛形。不過，距離黃承彥所說的『功業』，似乎還有一段很長的距離。曹朋也不知道，究竟什麼樣的『功業』才能令黃承彥滿意，但想來，至少不能輸於黃祖吧。

想到這裡，曹朋又有些頭疼。

五月十一，荀衍等人抵達丹徒。

而此時的丹徒守將，已不是孫河孫伯海。代丹徒長的，是一個年紀大約在雙十的青年將領。

當荀衍等人抵達丹徒的時候，丹徒長率眾出城迎接。

「孫伯海不在丹徒了？」

「回休若先生話，孫校尉如今奉命駐守湖熟，所以由小將暫領丹徒長之職。」

「小將軍喚作何名？」

青年微微一笑，臉上露出一抹自傲之色，「小將呂蒙，今為別部司馬。聞休若先生返鄉，故而恭候多時。」

呂蒙，呂子明？

曹朋在荀衍身後，身子微微一顫。

黃月英問道：「阿福，你認得這個人？」

「不認得……但我知道，此人將來，必為孫吳上將。」

白衣渡江的故事，曹朋至今仍記憶深刻。哪怕是經過了一場靈魂的時空穿越，許多記憶開始模糊，可是呂蒙，他卻不會忘記。因為呂蒙當時的對手，正是被後世奉為神明的關雲長。

士別三日，當刮目相看。

這句話便是出自呂蒙……

不過，也許是近來見過的牛人太多，以至於曹朋雖然吃驚，卻並未有太多的驚奇。

也許三日之後的呂蒙很牛逼，但現在，呂蒙不過是孫吳帳下一個普通的戰將，還無法令他產生興趣。所以，曹朋只是看了幾眼呂蒙，便沒有再理睬。反倒是黃月英打量了呂蒙兩眼。

呂蒙熱情的邀請荀衍入丹徒休息。但歸心似箭的荀衍，婉轉拒絕。

最後，呂蒙率部，親自將荀衍送至丹徒碼頭，目送荀衍一行人登上了往廣陵的舟船。就在舟船剛駛離丹徒碼頭不久，魯肅帶著人，行色匆匆趕赴丹徒碼頭，他甚至顧不得寒暄，一把攫住了呂蒙的手臂。

「子明，荀休若可走了？」

「是啊，剛離開……」

「他那隨行之中，可是跟著一名少年？」

呂蒙疑惑的點點頭，「確有一名少年，不過看上去，好像是荀先生的書童。」

「你為什麼不把他們攔下來？」

「攔下來？」呂蒙詫異的看著魯肅，「兄長，為何要攔阻他們？」

「那……」魯肅話到嘴邊，又嚥了回去。

陸遜和顧小姐意外的獲救，陸、顧兩家的婚約依舊，使得此前一些人的算計頓時落空。當得知事情緣由之後，一些人敏銳的意識到，荀衍身邊的書童非是常人，於是只好通知正在溧陽的周瑜，而後周瑜馬上派人通知魯肅，想要把曹朋等人給攔截下來。

只可惜，還是晚了一步。

魯肅站在江邊，看著漸行漸遠的舟船，眼中有一抹冷色。

「魯安！」

「喏。」

「立刻派人前往盱眙，命人打聽荀朋的情況。」

「喏。」

魯安是魯肅的心腹家人，聽聞之後，立刻領命而去。

呂蒙則詫異的問道：「兄長，荀朋是誰？」

「荀朋，十有八九是一個假名。我們必須要弄清楚，這個荀朋究竟是什麼人，以免日後上當。」

魯肅不可能把事情的真相告訴呂蒙，所以言語間也顯得很含糊。

呂蒙站在碼頭上，努力的想要回憶起曹朋的相貌。可是無論他怎樣努力，腦海中也只是一個模糊的單薄身形。至於曹朋的長相，呂蒙真的是想不起來。他搔搔頭，在心中記下了『荀朋』這個名字。

舟船，在江水祠碼頭靠岸。荀衍一行人走下船後，便直奔廣陵而去。

「阿福，你且隨我前往廣陵縣。」

「那月英他們呢？」

「可以讓他們先去東陵亭。」

曹朋本想拒絕，可是見荀衍態度堅定，有些為難。

黃月英輕聲道：「阿福，既然休若先生這麼安排，你聽命就是。我和甘大哥還有闞大哥，隨夏侯大哥先到東陵亭。我早就聽說東陵杜姜的故事，此次前往，正好可以去祭拜一番。」

「那……」

「你放心啦，我知道你還藏了兩個嬌滴滴的美嬌娘，我不會為難她們。」

黃月英嘻嘻笑道，卻讓曹朋心裡面有些嘀咕。

在路上，他曾向黃月英提起過步鸞和郭寰的事情，哪知道黃月英對此卻好像毫不在意。

也是，在黃月英的想法中，郭寰也好，步鸞也罷，不過是曹朋的侍婢。

曹朋現在好歹也算是官宦子弟吧……哦，這個官宦可能還不太適合，有點小了。但不管怎麼說，他有兩個侍婢，也是很正常的事情，黃月英可不會因為兩個侍婢而產生惱怒之意。

論年紀，黃月英比曹朋大三歲；論學識，黃月英出身於江夏黃氏，父親黃承彥更是荊州有名的文士。她又怎可能會害怕兩個小侍婢呢？

曹朋見黃月英神色正常，也就放下了心。又和夏侯蘭叮囑一番之後，他便跨上坐騎，隨荀衍直奔廣陵縣。

天將晚的時候，一行人來到廣陵縣城外。荀衍帶著曹朋直奔陳府，說是要面見陳登……

不過，他並沒有讓曹朋一起，而是命他在府門外等候。

曹朋站在陳府門口，等了足足有半個多時辰，才見一個家臣從府內匆匆走出。

「誰是曹朋曹公子？」

「啊，我就是。」曹朋連忙上前，搭手行禮。

那家臣還禮，而後恭敬道：「我家老爺要見你，請隨我來。」

曹朋愣了一下，跟著那家臣往府中走去。

一路上，家臣也沒有太多言語，只是在前面領路。而曹朋也是懂得規矩的人，故而沒有打聽。就這樣，兩人匆匆來到後院的一間書舍門口。

家臣在屋外道：「老爺，曹公子來了。」

「讓他進來。」

曹朋整了整衣襟，褪下紋履，邁步登上門廊，走進書房。

這書房不大，兩邊各有一排書架，上面層層疊疊，擺放著一疊疊的書簡和書卷。正中間是一張書案，陳登身著一襲白袍，正端坐於書案之後。窗戶洞開，從江水吹來的風自書齋中通過，驅散了炎熱的天氣。

「友學，坐。」陳登擺手，示意曹朋落坐。

這也算是給足了曹朋面子……要知道，可不是什麼人都能讓陳登吐出這一個『坐』字。

荀衍去哪兒了？曹朋心中疑惑，但還是從命坐下。

陳登把手中的書卷放下，抬頭看著曹朋，那雙眼睛閃爍著如鷹隼般銳利的目光，好像能看穿曹朋的心裡。

「陳……」

「曹朋，剛才休若對我說，希望你隨他一同返回許都。」

「啊？」曹朋一怔，露出茫然之色。

這件事，荀衍可是從未與他說過。

「休若說我若不能用你，留之廣陵屈才。我不知道他為何有此言語，也不想知道其中原因。之前，我命你駐守東陵亭，也是為了使你避過風頭。而今你隨休若出使江東近兩個月，再回來，卻不能繼續耽擱。所以，我拒絕了休若，他已帶著人，離開了廣陵。臨走時，他讓我對你說，無須在意太多，該爭時，絕不可以退縮。」

這句話，是對我說的嗎？

海陵尉

曹朋抬起頭，向陳登看去。

「東陵，和江水祠，是廣陵江防重地。我此前讓你在東陵亭，也有讓你熟悉情況的意思。本來，我還想再考察一下，可既然休若這麼看重你，我相信你必有過人之處。我欲任你為海陵尉，行東部督郵曹掾，即日起赴任。」

說罷，陳群從書案上，拿起印綬，擺放在曹朋面前。

海陵尉？行東部督郵曹掾？

曹朋疑惑不解，但欣然接過印綬，起身洪聲道：「卑職，遵命！」

章六

公義私情

公元前六千年，在古長江口的丹徒和廣陵之間，包括東陵亭在內，還是一片茫茫的海域。

由於江水每年攜帶四億多噸的泥沙入海，使得入海口流速減慢。加之受海潮頂托，泥沙不斷沉澱，先後在淺灘處出現了沙墩、沙洲，並逐漸在江水北岸形成了一條長達百里的沙嘴。

又過了一千多年，淺灘變成了一塊四面環水的陸地。

時新石器時代，人們開始在這裡繁衍生息。至公元前兩千年前後，淺灘沙洲連為一體，史稱揚泰沙岸。與此同時，在江北的合成風與海浪推沙的作用下，北部淮水入海口也出現了沙嘴現象。並由此向南，形成了一條弧形沙堤。公元前一千五百年前，淮河以南的岸外沙堤與江水北岸的沙岸合攏，把原先的大海灣，封閉成為一個與外海分隔開的巨大瀉湖。最終，造就了海陵。

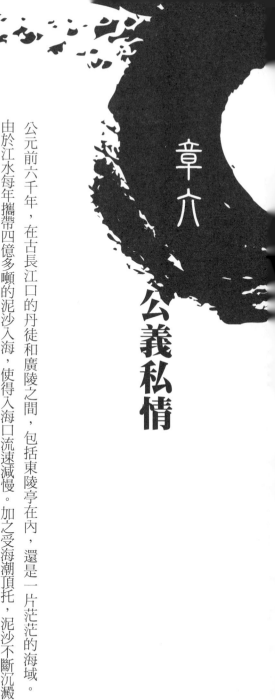

海陵之名，源於大海之陵的意思。

也就是後世的江蘇省泰州市。至今泰州市，還有一個區縣，名為海陵。

海陵縣，也是廣陵縣東部的第二座城市。所謂的東部督郵曹掾，其治下不過三縣，分別是射陽、鹽瀆和海陵。三縣的人口都不太多，其中鹽瀆造冊人口不足兩萬，射陽也僅止四萬出頭。

相比之下，海陵甚至比鹽瀆的人口還少，只有一萬三千餘人。

鹽瀆，昔日漢室鹽場，如今已經廢置；海陵當年則是以鹽瀆中轉站的意義而存在，負責勾連江水南北的鹽運。不過時至今日，也已經失去了原來的作用，成了一處被人遺忘之地。

建安三年三月，曹操舉兵南征，圍攻穰縣。

張繡舉城堅守，曹操久攻而不得，一時間戰局陷入焦灼。至五月，劉表派兵馳援張繡，準備切斷曹軍退路。同時，又有消息傳來，袁紹與謀士田豐合謀，意圖趁許都空虛，出兵偷襲。

在此情況下，曹操匆忙退兵。

只是，前有劉表部據險攔截，後有張繡率兵追襲，曹操是腹背受敵。

於是，曹操命人連夜鑿險阻為地道，是輜重先行撤走。至天明時分，張繡與劉表以為曹軍撤退，於是全力追擊。不想曹操早已安排伏兵，當張、劉所部抵達時，伏兵驟起，步騎夾擊，將張繡和劉表所部人馬擊潰之後，安全撤退。

至宛城後，曹操知道一時間無法攻克張繡，決意暫時放緩。不過，為了抵禦張繡和劉表的反撲，曹操命滿寵為南陽太守，駐紮宛城。

滿寵隨後薦魏延為南陽司馬，屯兵中陽山，以抵禦荊州兵偷襲。

魏延，本是南陽人，投奔曹操一年半有餘，立下不少戰功。所以曹操欣然同意，任魏延為南陽郡司馬，同時置南陽東部檢驗校尉，並由魏延兼之……

安排妥當之後，曹操返還許都。

同年四月，曹操以天子之名，遣謁者僕射裴茂出使關中。

裴茂詔命段煨等關中眾將討殺李傕，並夷其三族。段煨依詔而行，任安南將軍，拜鄉侯。由於此前一年，郭汜已被其部將伍習所殺，而張濟早在建安元年戰死。李傕死後，董卓餘黨盡平。曹操返還許都之後，命鍾繇接掌長安。不過長安歷經戰亂，早不復八百里秦川之名，所以隨後又以天子之名，下令免關中賦稅三載，又增設撫夷護軍之職，督導關中兵馬。

曹朋從廣陵出來，也沒有弄清楚這海陵尉究竟是什麼意思。

要知道，海陵尉已經是秩三百石的官員，從品秩上，也僅僅是輸鄧稷半級而已。

不過以海陵的規模，也就是個下縣。在縣治品級，海陵無疑比海西要低一個級別。所以，鄧稷可以稱令，秩六百石。而曹朋呢，只是一個下縣的縣尉，其品級比鄧稷低了近兩級。

本來，曹朋打算找陳群請教一下，可沒想到，陳群已返回下邳。而徐宣和陳矯又都不在廣陵縣，所以曹朋在廣陵官驛逗留一晚之後，第二天一早便返回東陵亭。

東陵亭，介於海陵和廣陵之間。從理論上來說，它屬於廣陵縣所治。不過呢，由於東陵亭偏遠，所以廣陵縣也無意理睬，加之曹朋此前駐兵東陵亭，這東陵亭也就理所應當的納入了海陵縣的治下。

一路上，曹朋都在思索這個奇怪的任命。

荀衍想要帶他回許都，曹朋可以理解。他和荀衍這段時間相處挺好，荀衍有這心思，也很正常。可是陳登不但把他留在了廣陵，而且還拜為海陵尉，同時綱紀廣陵東部三縣……

這個任命，就有些出人意料。

畢竟，曹朋此前不過是海西兵曹，怎麼一下子就成了綱紀三縣的督郵？

對於海陵尉這個職務，曹朋倒是沒有太在意。一個人口只有一萬三千人的下縣，上面還有一個縣長，同級還有縣丞。他這個海陵尉，相比之下也就顯得不是那麼重要……

遠遠的，東陵亭在望。

曹朋臉上，浮現出一抹笑意，縱聲呼喝：「我回來了！」

聲音遠遠傳出，久久不息。只是出乎曹朋意料，他喊罷之後，居然沒有半點動靜。按道理說，王買駐紮的地方距離不遠，至少應該有人能聽見才是。

奇怪了！

曹朋搔搔頭，縱馬往江邊行去。

那桃林中的茅舍，清晰可見……炊煙嫋嫋，想必是正在燒飯。曹朋深吸一口氣，催馬急行，很快便穿過了桃林，來到籬笆牆外。

簡陋的院子裡，顯得很熱鬧。緊靠著院門，不知何時搭建起了一個雞舍，裡面圈著十幾隻雞。

「公子回來了！」

一身布衣，頭插木簪，腰間還繫著一條圍裙似的白布。步鸞走出伙房，就看見籬笆牆外的曹朋，立刻驚喜的叫喊起來。話音未落，只見從中堂大門裡，呼啦啦衝出一大幫子的人。

為首的，正是王買和夏侯蘭。甘寧、郝昭、步騭、闞澤在兩人身後。最後走出來的兩個少女，一個是黃月英，另一個則是郭寰。看郭寰和步鸞的樣子，似乎對黃月英很尊敬。

一群人跑出大堂，王買衝出籬笆門，抓住了馬轡繩。

曹朋翻身跳下馬，疑惑的問道：「你們怎麼都在這裡？」

「嘿嘿，黃小姐說你今天一定會回來，所以在家中備好了酒宴，讓我們一起過來為你接風。」

曹朋抬起頭，目光越過眾人，和黃月英的目光相觸。黃月英朝他微微一笑，眼中有一抹調皮的光彩。曹朋頓時也笑了……回來了，所有的壓力，彷彿在一剎那間，都沒有了。

「剛才我正與子山評論公子那篇《陋室銘》。山不在高，有仙則靈，水不在深，有龍則靈……寫得好，寫得甚好，公子才學當真不俗啊。」闞澤說道。

曹朋打了個哈哈，在眾人的簇擁下，走進小院。

院子裡的馬廄，照夜白希聿聿長嘶，好像是在迎接牠的主人回歸。

曹朋過去和照夜白親熱了片刻。離開廣陵不過兩個月的時間，這感覺卻像是兩年之久。又給照夜白添了些草料，曹朋才和眾人一起進了中堂。

穿過中堂，只見後廊上已擺好了酒菜。看得出，為了接風，步鸞有夠辛苦。滿滿騰騰的一桌子酒菜，絕非一時半會就能做好。特別是那道三套鴨，更是需要時間烹製。旁邊還擺放著幾個酒罈子，上面掛著水珠，飄著一縷冰霧。

「阿鸞妹子為迎接你回來，從昨天晚上就忙個不停。小寰還專門在水井裡為你冰了梅子酒，剛取出來，這酒水正好。阿福，大家可都等著你呢。」黃月英輕聲調笑。

卻使得步鸞面紅耳赤，郭寰更垂下螓首。那副小女兒家的嬌羞之態，足以讓人神魂顛倒。

闞澤笑道：「今有月英，三美同堂。公子，你端的是好福氣，雖是陋室，卻羨煞我等凡夫俗子。」

曹朋的臉，騰地一下紅了。「大兄休得取笑，休得取笑。」

說話間，眾人在後廊落坐。黃月英三女並沒有入席，而是悄然離開。

「公子，聽說你在江東，又做得好大的事情。」

「啊？」

「我聽夏侯說，你可是救了一對新人性命……只可惜了，那苦命女子被奸人所害。自古紅顏命薄，古人誠不欺我。」步騭感慨萬千，引得一桌人長吁短嘆。

「子山兄，這好端端，為何提起這等醜事？當罰酒，罰酒三杯。」闞澤連忙說道，那邊甘寧就要為步騭倒酒。

其樂融融，讓曹朋的心情豁然開朗許多。他忍不住哈哈大笑，指著步騭道：「子山先生今日，怕是難逃一醉。」

看得出，甘寧和大家相處的很好，並沒有什麼不適應。

反倒是郝昭還略顯緊張。在座之人中，除了曹朋和王買之外，就屬郝昭的年紀最小，但若說從軍時間，卻堪稱最長，以至於這性子略顯沉默。想想，似乎也是在常理中。

曹朋好歹也算是官宦子弟，王買的老子王猛，如今更忝為虎賁郎將，也算是半個將門之子。而夏侯蘭呢，年紀比郝昭大，跟隨曹朋時間最長；步騭和闞澤，更是飽學之士；甘寧更是巴郡望族，而且是受黃承彥所託，屬於黃月英一派的親信。相比之下，郝昭不免有無根浮萍之嫌。

好在王買和夏侯蘭拉著他傳杯換盞，使得郝昭的拘謹略略緩解。

陽光明媚，坐在後廊上，可一覽大江浩瀚，聆聽江水滔滔。兩旁竹林鬱鬱，鵝卵石小徑幽幽。風從江上吹來，帶著一抹沁人肺腑的花香。江畔，幾株野石榴花霍然正紅，映襯碧綠江水，更顯幾分景致。

「阿福，如此美景，有此佳餚，何不賦詩一首？」闞澤微酣，舉杯邀詩。

步騭連連點頭：「我聽夏侯說，公子在江南，曾賦兩闕。勿論泛震澤，抑或者西洲曲，堪稱佳作。今日何不也賦詩一首，以令我等一飽耳福？諸位，就以眼前美景，請公子賦詩，如何？」

「甚好，甚好！」

古人的風雅，頗有情趣。

雖不是盛唐遍地詩文，但已隱隱成就了風氣。哪怕那書籍大都掌握在世家子弟手中，哪怕是很多人甚至目不識丁（比如王買，比如郝昭），但是卻不會影響他們去欣賞詩文之美。

步騭的提議，立刻引起了眾人的響應。甚至在廂房用餐的黃月英三女，也不由得走出房門，靜靜站在一旁，看著曹朋，等待他賦詩。

曹朋惡狠狠瞪了步騭一眼，「文章本天成，妙手偶得之……我也是當時觸景生情，有所感慨，哪可能說來就來？」

「文章本天成，妙手偶得之？」

步騭和闞澤相視一眼，擊箸而笑。

「只此一句，便當浮一大白。」

兩人說罷，舉杯一飲而盡。

甘寧等人也連連稱讚，紛紛舉杯。

「阿福，你就試一試嘛。」黃月英啟檀口，對曹朋說道。

別人的話，曹朋說不得會拒絕，可黃月英既然相求，曹朋實在是不知如何拒絕。而兩個小丫鬟，步鸞和郭寰，更是瞪著水汪汪的大眼睛，一臉期盼之色，也使得曹朋不忍拒絕。

站起身來，曹朋蹬木屐，沿著鵝卵石小徑行進。大約走出十餘步，曹朋終於想到了一首，他記憶中為數不多，偏偏又能和眼前景色相吻合的詩詞。

「有了！」

步騭和闞澤相視，不僅駭然。

史上，有曹植七步成詩。不過而今，曹植年僅六歲。十餘步便能成一首詩？曹朋的才思……

正所謂，有心栽樹樹不活，無心插柳柳成蔭。

曹朋本無意裝逼，可一不留神，還是又裝了一次。

他自然不會知曉步鸞和闞澤心中的震驚，甚至也沒有看到，黃月英眼中的那一抹驚喜之色。

「江南好，風景舊曾諳。」

闞澤和步鸞一怔，感覺這詩詞，似乎並無出奇之處。倒是黃月英反應過來，眼前這一幕景色，的確是好生相熟。

「日出江花紅勝火，春來江水綠如藍，能不憶江南？」

看著眼前的景色，闞澤不由自主聯想到了家鄉的景色。雖說江南江北，風景此時相差不多，可不知為什麼，闞澤總覺得，眼前這一幕不若江南之美。眼角，不由得有些濕潤了！

不過他還是大聲叫好，撫掌稱讚。

似夏侯蘭、甘寧，甚至包括步鸞在內，都覺得這一首詩做得妥貼。但作為王買和郝昭兩個從小在北方長大的漢子，卻多多少少感覺到有些不太理解。

阿福這首詩，倒是挺應景。

日出江花紅勝火，春來江水綠如藍。

可是，其他幾句的感覺，不免有些不太明白。

步鸞還好些，畢竟長在淮南。郭寰卻是從小在幽州長大，能到廣陵，已是她這輩子走得最遠的地方。

「小姐，江南，真的很美嗎？」

黃月英目光迷離，輕輕點頭。不知為何，她想起了江夏，想起了沔水，想起了白髮蒼蒼的老父……也不曉得什麼時候，才能再承歡於老父膝下？

臭阿福，作詩就作詩，卻讓人家想家了……臭阿福，臭阿福！

黃月英忍不住在心中暗自嘀咕，轉過身，悄悄抹去眼角的淚痕，復又露出了燦爛的笑容。

也許，阿福是在告訴我，他一定會讓我衣錦還鄉。

小女兒家的心思，千迴百轉。

曹朋萬萬想不到，自己為了應景而盜竊的一首詩詞，竟然讓許多人都產生了感慨之意。

「獻醜，獻醜！」

他返回後廊，心中不免有幾分得意。坐下來，他看著眾人的表情，臉上露出謙遜笑容。

「公子欲馬踏江東，只怕並非一件易事。」闞澤突然道：「江東有大江天塹，山嶽密布，河道縱橫。如今孫伯符雄霸四郡，而丹陽廬江，依我看也是早晚得之。曹公或許雄才大略，只可惜目下根基不穩。北有袁紹，東有呂布，南有劉表張繡，劉璋盤踞巴蜀，張魯坐擁漢中。西涼尚有馬騰韓遂，漠北鮮卑虎視眈眈。想要取江東，絕非一時之功……」

慢著慢著，我什麼時候說過，我要馬踏江東？

曹朋不禁愕然，卻見闞澤和步騭，都有戚戚焉之表情。

你們領會錯誤了！曹朋不禁在心裡叫苦：我可沒有什麼逐鹿天下的心思……這若是讓老曹知曉，我命不久矣！

可是，王買、郝昭、甘寧和夏侯蘭四人，臉上卻露出了興奮之色。

馬踏江東嗎？聽著就讓人來勁！原來阿福這首詩裡面，還藏著這種意思？

曹朋不由得苦笑起來。

酒過三巡，菜過五味。日暮西山，天邊晚霞染紅了江面。

郝昭和王買已經醉了，倒在後廊上，發出輕弱鼾聲。夏侯蘭和甘寧則是醉眼朦朧，一人抱著一個酒罈子，靠著廊柱，喝一口酒，打一個酒嗝，誰也不肯認輸。

相比較起來，闞澤、步騭和曹朋還算是清醒。

三人走下門廊，踩著木屐，沿著小徑，悠悠然來到江畔。看著如同燃燒似的半邊江水，闞澤和步騭默然不作聲。曹朋站在江堤上，更痴痴的，一句話也不說。

「公子，荀先生帶你去廣陵，可有安排？」

「嗯，荀先生原意是想要讓我跟著一同返回許都……不過陳太守拒絕了，並任我為海陵尉。」

「海陵尉？」

步騭一怔，「公子是說，陳太守命你出任海陵尉嗎？」他語調中，透著一抹驚奇之色。

曹朋愣了一下，「是啊，出任海陵尉，行東部督郵曹掾事。」

步騭頓時大喜，拱手道：「如此，卻要恭喜公子，賀喜公子……此來廣陵，終有出頭之日。」

自黃巾之亂後，私鹽猖獗。鹽瀆廢置，以至於整個淮南需要依靠東海私鹽供應。海陵縣，從原先的官鹽集散之所，變成了一個荒涼的城鎮。人口驟減，殘破不堪。不過，海陵民風剽悍，曾經是廣陵重要的兵源所在。時至今日，海陵仍設有兵營，駐紮約五百兵卒，負責守衛廣陵郡東部門戶。

「你是說，海陵是個兵營？」

「準確說，應該是一個兵鎮。」

曹朋來廣陵的時間畢竟很短，所以對廣陵的情況並非特別瞭解。他知道海陵是個縣城，也知道海陵有一萬三千人口。但是他不知道，海陵還是一個兵鎮？

「當年從鹽瀆轉出官鹽，有兩條路，一是海西，二是海陵。海西則轉運淮北，供應徐州；海陵轉運淮南，幾乎整個廣陵郡，還有江東北部地區，皆需經過海陵縣。所以，早在漢武年間，海陵便設有兵營。而且海陵兵馬，清一色來自丹陽，好勇鬥狠，極為剽悍。自漢武年間至永平末年，這些海陵兵，就是淮南鹽路的守護者……」

「竟然還有這麼一回事！」曹朋不由得發出感嘆。

原以為，陳登只是讓他待在海陵，給他個職務，沒想到……

「所以，海陵不設長，也不設丞。海陵尉，等同於是兼顧三職，同時執掌兵事，是一個極重要的角色。在廣陵諸屬官長吏之中，唯有這海陵尉最為特殊。雖不過三百石俸祿，品秩也不算太高，但卻是一個實權職務。公子任海陵尉，就等同於將廣陵東部三縣掌握手中。」

「子山，海陵兵應該沒那麼容易對付吧？」闞澤突然插嘴，向步騭發出質問。

想想也是，這麼重要的一個職務，為什麼會交給曹朋？廣陵難道無人了嗎？

步騭點點頭，「海陵兵的確驕縱，而且不服管教。自朝廷廢置鹽瀆、棄海陵後，海陵兵幾乎是自給自足，沒有領取半分糧餉。海陵兵軍侯名叫王旭，乃桀驁之人。此前廣陵太守曾試圖將海陵兵重新收攏，但都被王旭等人趕走。陳元龍乃廣陵望族，對這些海陵兵，同樣束手無策。今日他任公子海陵尉，想來是對海陵兵已失去了耐心，順便想看看公子的手段。」

也就是說，一次考驗？

曹朋眉毛一挑：比狠嗎？

「恐怕，沒這麼簡單吧。」闞澤沉吟片刻，在江堤上坐下。

江水拍打堤岸，水花飛濺，打濕了闞澤的雙腿。

曹朋也坐了下來，「闞大哥的意思是……」

「我聽說，曹公已經收兵了？」

「啊？」

「因為劉表和袁紹的緣故，曹公此次攻打張繡，似乎並不是特別順利，故而暫時返還許都。關中李傕被殺，為曹公解決了西部之患。而南部張繡，恐非朝夕之功。依我看，曹公三打宛城，恐怕未必會再對宛城用兵。曹公用兵，則張、劉一體；曹公若不用兵，張、劉必會反目。到時候曹公不費一兵一卒，宛城唾手可得。此與賀公苗伐山越有異曲同工之妙，曹公得宛城，恐怕是早晚之間，無須再費心。」

闞澤這一番話，使得步騭陷入沉思：「德潤的意思是說……」

「接下來，曹公定會解決呂布。」闞澤說罷，嘆了口氣，「可即便解決了呂布，尚有袁紹虎視眈眈。哪怕等曹公打敗袁紹，江東局勢恐怕已塵埃落地，到那時候再想興兵，恐怕也不是一樁易事。」

原來，這貨的心裡，還存著打回江東的念頭。

曹朋心裡一咯登，似有所明悟。

「曹公對徐州用兵，陳元龍勢必出兵相助。但陳元龍此人，若非迫不得已，絕不會輕易和呂布撕破面皮。所以，他麾下兵馬未必會出擊，最有可能，是尋一人替之。如果曹公戰事順利，陳元龍必然會隨即大舉出動；但如果戰事不順，他很有可能是坐視不理。到時候，恐怕就是要讓公子，為他在前面衝鋒陷陣了。」

「曹公贏了，他有助戰之功，公子不過是他的馬前卒；曹公敗了，他大可以推卸責任，說是公子擅自決斷，這樣一來，呂布也奈何不得他。所以，他讓公子任海陵尉，他便立於不敗之地。」

曹朋心裡，倒吸一口涼氣。

闞澤所說的事情，很有可能會發生。鄧稷現在穩坐海西，一旦曹操和呂布交鋒，海西定會出兵下相。而同時，自己作為鄧稷的小舅子，自然也不可能袖手旁觀。海陵兵目下至少還在廣陵手中，到時候自己和鄧稷聯手，不論勝敗，陳登都如闞澤所說的那樣，立於不敗之地，左右逢源。

這，也符合陳登的作風。當初劉備在徐州，他歸附劉備；呂布得徐州，他又歸附呂布。

如果站在陳登的角度來考慮，陳登這樣的作為，似乎並沒有什麼錯誤，一切是為了家族考慮。可這樣一來，就等於把曹朋推到了最前面。

曹朋有些記不太清楚，徐州之戰時，陳登是否從廣陵出兵？但現在看來，這傢伙深諳自保之道。有自己這個馬前卒、替死鬼，他可以安穩做他的廣陵太守。

怪不得，他不肯讓自己走。

想想也是，曹朋走了，他又要從何處，找來那麼好的替死鬼呢？

想到這裡，曹朋對陳登的那點好感頓時煙消雲散：這個混蛋，倒是打得好主意！

不過，不管他心裡如何怨恨陳登，海陵尉之職，他絕不可能推掉。

沉吟片刻，他輕聲道：「如此說來，我們必須要儘快掌控海陵兵才行。我可不希望大戰開啟之時，手下是一群烏合之眾。既然陳元龍出招了，那我接下就是。福禍相依，存乎一念。」

「善！」闞澤點頭，表示贊成。

步騭卻在思忖片刻後問道：「德潤，你以為曹公，何時會對徐州用兵？」

「以我之見，最遲十月。」

步騭向曹朋看去。曹朋立刻明白了步騭的意思。

步騭難道就想不出曹操用兵的時間嗎？當然不是……如果他連這點本事都沒有，日後也不可能成為東吳丞相。他是用這種方式來提醒曹朋：如今已經五月，公子你的時間，不多！

為賢能者，大都會講究一個說話的藝術。

似禰衡那種狂妄自大，似田豐的剛愎直言……估計換作誰，都不一定能受得了。

為上位者，要善於傾聽不假，可如果一次次被下屬冒犯，恐怕也不會舒服。至少曹朋現在就覺得很舒服。步騭假作詢問，卻給了他明確的建議：務必儘快練出精兵，否則會有麻煩。

看起來，明天就得去海陵走一遭！

曹朋這心裡面，暗自做出了決斷……

回到茅舍，就看見甘寧和夏侯蘭也醉倒了。

「子山先生，煩勞你書信一封，連夜送往海西，告訴我內兄，從即日起，要做好臨戰準備。不過最好不要太張揚，以免被人覺察了意圖。」

步騭點頭答應，和闞澤回到廂房。

這二人一走，曹朋才意識到，他面前還倒著四名醉漢。輕輕拍了怕額頭，曹朋很無奈的笑了。

「小鸞、小寰，拿幾副枕褥過來。」

「知道了！」步鸞和郭寰回答道。

趁著這工夫，曹朋上前先把王買拖到一旁，然後就見步鸞紅著小臉，抱著一套床褥過來。

「就鋪在這裡。」曹朋指著廊下說道。他可不想抱著四個醉漢回屋，更何況這四個醉漢都比他高、比他壯、比他重……

步鸞和郭寰鋪好了被褥，曹朋把王買拖到褥子上，然後又回身，將郝昭拖過來。

另一邊，郭寰收拾桌子上狼籍的杯盤，而步鸞和黃月英趁著這工夫，又抱過來了兩套被褥。

「堂哥也真是，怎麼也不幫忙一下？」步鸞一邊鋪床，一邊噘著小嘴，嘀咕步騭。

「子山先生有重要的事情，小鸞就莫要再責怪他了。」說著話，曹朋將夏侯蘭拖過來，和王買、郝昭並排躺好。然後又看了一眼甘寧，曹朋連連搖頭。

這貨，好像是最壯實的！

深吸一口氣，曹朋又把甘寧抬過來，四個人一順邊躺好，為他們蓋好了薄毯。

江風習習，站在門廊上，非常舒爽。

曹朋從黃月英手中接過毛巾，擦拭了臉上的汗水，「小鸞、小寰，收拾好了之後，早點歇息。」

「是！」步鸞和郭寰脆生生答應。

「臭阿福，從哪兒學來這拈花惹草的本事。」

兩個小丫鬟前腳剛走，後腳曹朋就被黃月英揪住了耳朵。不過，黃月英並沒有用力，那話語之裡，更多是一種撒嬌。曹朋做出很痛的樣子，唉唷唉唷的湊過去，一把將黃月英摟在懷中。

斜陽夕照，黃月英的雙頰羞紅。薄薄春衫下，胴體緊繃，隔著衣服猶能感受到肌膚的火燙……

「啊呀，我什麼都沒看到。」

就在曹朋情不自禁想要親吻黃月英的剎那，忽聽一聲嬌呼。兩人連忙分開，曹朋順著聲音看去，只見步鸞小臉通紅，雙手捂著眼睛。

黃月英輕輕捶打了一下曹朋，努力平定了一下聲音，「小鸞，有事兒嗎？」

「沒、沒事兒……只是想問一問公子，是否需要準備醒酒湯？」

醒酒湯？

曹朋一怔，旋即說：「不用了，小鸞妳去歇息吧。」

「嗯。」步鸞聲若蚊蚋的應了一聲，轉身一路小跑，消失無蹤。

不過，被她這麼一打岔，曹朋和黃月英都有些不自然了……兩人牽著手，漫步到江堤上，欣賞那長河日落的美景。

「阿福，你是不是有心事？」

「心事？」

「我能感覺得出，你似乎心事重重。」

曹朋沉默片刻，呼出一口濁氣道：「其實也算不得什麼心事。不過剛才德潤和子山與我分析了一下，談起陳登為何要任我為海陵尉的事情……闞大哥說，曹公很有可能在年末用兵。」

「用兵？」黃月英一怔，旋即明白過來。

曹操要對呂布用兵了！

她想了想，輕聲道：「曹公欲與徐州興兵嗎？」

「嗯！」

「……其實，這沒什麼奇怪。當初在江夏的時候，我曾聽阿爹說過：曹公欲定北方，必先伐呂布。呂布有虓虎之姿，為人反覆無常，不可以輕信。如果不滅呂布，北方必難以平靖。」

曹朋點頭，「我何嘗不知？只是……」

「只是什麼？」

「我曾受人恩惠。」

黃月英愣了一下，疑惑的看著曹朋，不懂他這『受人恩惠』從何談起。

曹朋在江堤上坐下，看著滾滾東逝的江水，沉默良久後說道：「郝昭，和他麾下兩百精卒，皆拜溫侯所賜。當初我兄弟在海西時，可謂情況窘迫，無兵無將，還要面臨鹽梟與海賊的威逼。若無溫侯這兩百精卒，我們即便能在海西站穩腳跟，也要付出巨大代價，而且……」

曹朋向黃月英看去，「大丈夫在世，當恩怨分明。我身受溫侯之恩，卻要與他兵戈相向，非我所願……所以，我有些苦惱，不知道該如何是好。」

下邳溫侯府中的旖旎，曹朋斷然不會告訴黃月英。

那，也算是他和貂蟬之間的一個秘密。他所慮的，不僅僅是恩怨，還有郝昭的態度。不管怎麼說，郝昭是並州人，與呂布有同鄉之誼，況且他手下兩百精卒戰力強大，如果他不能夠表明態度的話，勢必會給曹朋帶來巨大的困擾。曹朋想用郝昭，卻又有一些隱隱的擔憂。

黃月英沉默了！

「我與伯道認識不久，我覺得，他應該不是那反覆之人。」

「哦？」

「我看得出，你對郝昭挺看重。既然看重，那你就必須要相信他……要麼你就不要用他，或者把他殺掉，將那兩百精卒掌控在你手中。你這樣子患得患失，到最後也只是給自己平添煩惱。」

黃月英一番話出口，令曹朋對她刮目相看。

史書中，對黃月英的記載不多。但是可以看得出，諸葛亮一世沒有什麼家庭的糾葛，黃月英的手段可見一斑。能說出這般殺伐決斷的言語，更令曹朋暗自點頭稱讚。而自己的性格怎麼樣，曹朋自己心裡可說是非常清楚。

月英，果真是我賢內助。

「至於呂溫侯……他與你有恩義，自當報還。可大丈夫不僅要恩怨分明，更要識得輕重。你既然在曹公麾下效力，就不應該如此看重個人的恩怨。你說過，曹公有大志！北方早晚一統，若不能早一日滅呂布，百姓勢必深陷水火之中，那樣豈不是更加糟糕？你想要報還恩義，大可選用其他方法。」

「公義乃公義，私情歸私情……如果你不能把這公私分清楚，又如何建立功業？阿福，我覺得你應該果斷一些。」

曹朋聽罷，不由得連連點頭：「我得月英，從此無憂！」
他攬著黃月英纖細的小蠻腰，並肩坐在江堤上。
江水滔滔，斜陽似火。在夕陽的照映下，兩人的影子漸漸合在一處，再無半點間隙……

第二天，曹朋帶著甘寧、步騭和夏侯蘭三人，領精卒五十人，趕赴海陵縣。
從東陵亭到海陵縣，距離並不算太遠。步行約半天時間，便來到了海陵縣城外的兵營門前。
營盤的面積不大，大約有三、五畝地的樣子。一面火紅色大纛上，書『海陵精兵』四個大字，可在陽光下，卻無力的低垂著，看上去死氣沉沉。不過，營盤裡的軍帳錯落有致，從外面看，雖顯得有些殘破，但依然能感受到隱藏於其中的殺伐之意。
想當初，這支海陵精兵，曾保護整個淮南的鹽路不受襲擾。數十年的殺伐征戰，其底蘊猶存。
甘寧忍不住讚道：「這屯將，倒是個有本事的人。」
步騭說：「那王旭也算是一個將才，海陵廢置以後，他硬是帶著五百精兵，不靠州府的糧餉，硬生生撐到現在。你看整個廣陵郡，到處有水賊盜匪，偏偏這最偏遠的海陵，能太平無事。」
「他們靠什麼為生？」
「公子，你說呢？」

曹朋聽聞，不由得笑了。

昨夜，他查閱過海陵縣的資料。從表面上看來，海陵縣太平無事，可實際上，這支海陵精兵就是海陵縣最大的盜匪集團。

想想看，一無糧餉，二無補給。靠著一個只有一萬三千人的小縣城，這五百精卒如何生存？人常說靠山吃山，靠水吃水；當兵吃餉，沒餉為賊。這天經地義，似乎也算不得什麼奇事。東漢末年，特別是從黃巾起義之後，官匪合一的情況極為正常。打起旗號就是官軍，放下旗號就是盜賊，這樣的事情官府同樣清楚，可是在大多數時候，他們也是無可奈何。

依稀，有一種很熟悉的感覺。眼前的海陵精兵，與當初在九女城時所遇到的義陽武卒何其相似？但是不曉得，這海陵精兵能否和義陽武卒相提並論。

但不管怎樣，這支人馬，我要定了！一支百戰精兵，可不容易找到。

曹朋看了一眼甘寧，忽而笑道：「甘大哥，我欲坐鎮中軍，卻無先鋒開路。」

甘寧聽聞，哈哈大笑：「公子欲尋先鋒，又有何難？甘寧不才，願領十人，為公子開路！」

章七

大戰將起

王旭，正值壯年。從父輩起，便生活在海陵，是個土生土長的海陵人。

也正因為這個原因，王旭對海陵精兵有著極為深厚的感情。十五歲從軍，便逢黃巾之亂，王旭隨父兄走上戰場，曾經歷過一場場慘烈的廝殺。黃巾之亂結束後，下邳國滅亡，陶謙隨後入主徐州，海陵精兵再次投入戰鬥，王旭因功成為海陵精兵軍侯。

可是，陶謙似乎對丹陽兵更感興趣。徐州局勢穩定之後，陶謙開始大規模徵召丹陽兵……而鹽瀆的廢置，更使得海陵精兵失去了原有的用途。

連鹽場都沒有了，還保護個什麼鹽路？

海陵精兵也隨之陷入尷尬的境地，變得無人問津。

王旭實不忍海陵精兵就此沒落。作為海陵衛的軍侯，他必須要擔負起海陵精兵的生存。一開始，王旭帶著部下打擊盜匪，劫掠盜匪財貨。可後來，隨著海陵縣周遭的盜匪絕跡，海陵精兵的情況日益窘迫。於是，在有心人的幫助下，王旭便開始了盜匪的生涯。海陵精兵白晝為兵，入夜為匪……雖說鹽瀆廢置，可是從東海而來的私鹽並沒有斷絕，王旭就是靠著劫掠私鹽，而後販賣與江東，謀取利益。

只是，陶恭祖死了，劉備卻來了。劉備接收了麋竺，東海私鹽便隨之成為劉備手中一個籌謀糧草兵械的關鍵所在，因此，劉備斷然不可能允許王旭壞了他的好事。於是，劉備一方面更換鹽路，東海私鹽經由海西縣轉運之後，從淮陰輸送至盱眙，再由盱眙轉運淮南江東等地，以避開海陵盜匪的劫掠；同時還調集兵馬，並與陳珪秘密聯繫，意圖消滅海陵精兵。

好在呂布這時候來了，沒等劉備對海陵精兵動手，呂布便先下手奪取了徐州，總算是讓王旭躲過一劫。

躺在軍帳的床榻上，王旭的心情算不得太好。

海陵衛居於廣陵東部，不聽調遣，已隱隱自成體系。可這並不代表海陵衛有多麼強大，相反這種獨立於整個徐州之外的情況，早晚會給海陵精兵帶來滅頂之災。廣陵陳氏蘊含多麼巨大的力量？作為土生土長的廣陵人，王旭又怎可能不知道。只是，他沒有別的選擇……

要麼被陳登吞併，要麼就滅亡！這是擺在他面前的兩條出路。陳登現在無暇收拾他，並不代表日後不會收拾他。一俟陳登騰出手，那麼海陵精兵面臨的必然是毀滅性打擊。

可讓王旭依附陳登，他又不太願意。

為朝廷賣命多年，說被拋棄就被拋棄。

王旭怕了！他害怕，自己不知道什麼時候又會被當成棄子……

而且，隨著海西鹽路被海西縣控制，使得海陵精兵的生存環境越來越差。王旭知道，他必須要做出決斷了。是留在海陵縣等死？還是另謀出路？

可是，這出路究竟在什麼地方？

諸如此類的種種煩惱，使得王旭感到不堪重負。

「實在不行……老子就真的去做盜匪！」他翻身坐起，自言自語道。「要不然，我帶著兄弟們，投奔江東？」

只是聽說東陵亭那邊現在駐紮了一支人馬，是從海西過來，極為剽悍。

王旭曾偷偷過去觀察了一下，隱隱感覺到那支僅兩百人的兵馬，恐怕不是海陵精兵可抗衡。如果他們長久駐紮東陵亭，那海陵精兵就得離開故土，另尋出路了……

海西，海西！

王旭輕輕拍了拍額頭，自從海西縣去年來了縣令之後，越發強勢起來，已隱隱影響到淮南。長此以往下去，海陵精兵的生存空間會越來越小啊！

想到這裡，王旭嘆了口氣，準備躺下來。就在這時候，營帳外傳來一陣人喊馬嘶聲。平靜的兵營裡，一下子變得格外嘈雜。

王旭一蹙眉頭，不僅怒由心生：「誰又在鬧事？」

他從榻上站起來，邁步向外走去。可沒等他走出軍帳的大門，就見幾個小校衝進來，神色慌張不已：「軍侯、軍侯……不好了，有人闖營！」

王旭一怔，旋即勃然大怒，「誰在闖營？」

「不知道！」小校說：「兄弟們正在準備午飯，就見有人闖進營中，見人就打。翟囧帶著人去阻攔，結果沒一個回合，便被來人打傷。那些人正往這邊衝，請軍侯速做決斷！」

王旭心裡不由得咯登一下，也顧不得穿戴盔甲，伸手一把抄起大帳中的長刀，邁步往軍帳外衝去。他才一衝出大帳，迎面就見一匹戰馬疾馳而來，馬上大將一身錦袍，身披鐵甲，掌中一口七尺龍雀大刀。伴隨著鐵蹄聲陣陣，王旭隱隱約約聽到了一陣低弱的鈴鐺聲響。

叮鈴！

伴隨著鈴鐺聲，戰馬就到了他跟前，馬上的騎士立即揮刀劈斬過來，王旭根本就來不及躲閃，只好舉刀相迎。刀口撞擊一處，只聽鐺的一聲響，王旭整個人就好像被拍飛出去一樣，手中長刀落地，右手的虎口迸裂，鮮血淋漓。他登登登連退數步，一屁股就坐在大帳門口。而那馬上騎士，已飛身從馬上飄落。

「你是王旭？」

「你……」

「軍侯速走！」

兩個小校從營帳中出來，一見王旭坐在地上，二話不說，就要保護王旭。

哪知那騎士連理都不理兩人，手中大刀揮出，掛著風聲，砰砰兩下便將小校拍翻在地，而後縱身上前，龍雀大刀就擱在了王旭的脖子上。從刀口上，傳來森森寒意，令王旭激靈靈打了個寒顫。

「所有人，全都住手，否則就別怪我砍了爾等軍侯。」

騎士大喝一聲，猶如巨雷炸響，在兵營上空迴盪不息。

海陵精兵遭遇突襲，經過片刻混亂之後，總算是清醒過來。可就在他們準備反擊的時候，卻看見王旭已經被人拿下。

錦袍騎士氣宇軒昂，臉上露出一抹恥笑：「海陵精兵，不過如此。」

「你，究竟是何人？」王旭驚怒不已，怒聲喝道。

此時，十名親隨已到了甘寧身後，把王旭等人包圍在中央。他們還押著一員小將，王旭一眼認出，那小將……赫然正是海陵節從，翟冏。

騎士沒有回答，轉身向營外看去。

只聽大營外，傳來陣陣馬蹄聲。一匹白馬，悠悠然進入兵營。那戰馬一看就知道不是常物，神駿異常，而馬上端坐一名少年，神情自若。

幾個海陵精兵立刻衝過去，想要阻攔。哪知少年身旁的青年，一抖丈二龍鱗大槍，撥草尋蛇，啪啪兩下，便將兩個海陵精兵拍翻在地。

「哪個再敢妄動，格殺勿論！」

「新任海陵尉前來，爾等莫不是想要造反嗎？」少年身邊的文士，大聲喊喝。

蠢蠢欲動的海陵精兵，頓時呆愣住了。

而少年這時候，在四十名親隨的簇擁下，已來到了大帳跟前。只見他跳下馬來，不過七尺出頭，身體略顯單薄，舉手投足間有一種文雅之氣。

「誰是王旭？」

「我就是！」

王旭有點懵了。他甚至搞不清楚，眼前這一幕究竟是怎麼回事。但那句話他卻聽得一清二楚，這少年，莫非就是新任的海陵尉？可海陵尉已有多年未曾設置，派個小孩子來……

而且，如果他是海陵尉，為何要衝擊軍營？從理論上來說，這海陵精兵就是屬於他的部曲啊。

「你就是王旭？」

少年走到王旭跟前，「我是新任海陵尉曹朋，久聞海陵精兵悍勇，沒想到……大失所望！爾等算個什麼精兵？只需我部下一將，便足以將爾等擊潰。現在，所有人給我放下兵器，回到軍帳中候命。若沒有我的命令，任何人膽敢擅出軍帳，就以軍紀論處，格殺勿論……」

王旭似乎有點明白了：這海陵尉，是要來一個下馬威嗎？

「你說你是海陵尉，你就是海陵尉了嗎？你……」翟冏年輕氣盛，厲聲喝道。

可不等他說完話，就聽王旭道：「彥明，住口。」

他看到，少年從身邊文士手中，接過了一枚印綬。王旭在海陵待的時間畢竟長，一眼便認出那正是海陵尉印綬。

曹朋手托印綬，環視營中兵卒。

「怎麼，沒有聽明白嗎？」

隨著他這一聲斷喝，甘寧向前邁出一大步來。

龍雀大刀，在陽光下閃爍寒光，令人心驚肉跳。剛才他一路衝進來，並沒有殺人，用的是刀背。而現在，他調轉刀口，撲稜一聲刀口朝外，似乎已做好了大開殺戒的準備。

「十息之內，所有人放下兵器，退回軍帳。」曹朋沉聲喝道，邁步向大帳走去。

夏侯蘭和步騭則緊隨其後，五十名精卒旋即把大帳包圍起來，王旭和翟冏等人被圍困其中。

「海陵軍侯王旭，進來。」曹朋在軍帳中喝道。

與此同時，隨同曹朋前來的五十名精卒，也開始報數。

「一……二……三……」

王旭苦笑一聲，抬起手，擺了擺。那意思是告訴營中兵士，立刻退回軍帳。

「軍侯，咱們拚了？」

「拚什麼拚……和朝廷拚嗎？你沒看到東陵亭駐紮了兵馬？而且這些人敢過來，必然是有所依持。我敢說，只要咱們敢動手，這些人就會立刻殺人。營外必有廣陵鄉勇，到時候咱們勢必會遭遇致命打擊……別衝動，我先進去，看那海陵尉能說什麼。如果他能帶給咱們好處，聽他的命令又何妨？」

翟冏點了點頭。

王旭站起來，心有餘悸的看了一眼那軍帳外的甘寧。

他有些好奇起來，這曹朋究竟是什麼來歷？看得出，他這些手下都是百裡挑一的勇武之士，而剛才與他交手的甘寧，更是天下間少有的猛將。一個少年，能有這許多隨從並如此驍將，會是何人？

曹朋在軍帳中坐下，隨手從書案上拿起一卷書。

其實，讓甘寧衝營，也是不得已而為之的事情……他不清楚這些個海陵精兵究竟是什麼狀況，他沒有那麼多時間和這些人費心思，必須要儘快把海陵精兵掌握在手中，以應付未來局面。仁義，教化？那需要一個漫長的過程，曹朋沒那個時間，最簡單、最直接的辦法，就是用武力震懾。手裡有甘寧這樣的人物，曹朋又有何懼？那可是能帶一百人，闖張遼軍營的猛將！

曹朋可不害怕海陵精兵能困住甘寧……在他眼中，海陵精兵還算不得精兵。

什麼是精兵？

義陽武卒那樣的，才算是精兵。

王旭沒有魏延的勇武，也注定了這支人馬沒有魂魄。多年來，他固然是苦心維持海陵精兵，功不可沒，但也正是這維持，使得海陵精兵銳氣全無。

如果換作是曹朋，早就帶著海陵精兵當強盜去了。誰又有那種耐性，留在這鳥不拉屎的地方？步騭看起來對海陵精兵是有過一番研究，所以對海陵精兵的狀況也比較瞭解。王旭有治兵之能，卻無大將之風，且有婦人之仁，優柔寡斷——這就是步騭對王旭的評價。

「你好讀書？」曹朋頭也不抬，問道。

王旭本來已做好準備，和曹朋說較一番。哪知道，曹朋根本就不看他，讓他有種有力無處使的感受。

「只是讀過兩本。」

曹朋一笑，把手中的竹簡放下，「《司馬法》，兵之本。你既然喜歡《司馬法》，當知這貴賤倫經之說。」

王旭不禁猶豫了！

貴賤倫經，出自《司馬法》天子之法。

他原本想和曹朋討價還價，哪知道曹朋根本不給他這樣的機會。一上來，便提及貴賤倫經，使得王旭不知道該如何回答。

「我為海陵尉，爾為軍侯。換句話說，你是我的部曲……你讀了這麼久的《司馬法》，難道不知道見了上官，當行以軍禮？」曹朋說著，抬起頭凝視王旭，「我已表明身分，你當如何？」

「末將王旭……拜見大人。」

這少年端的厲害，一上來便分出地位的高低，迫使王旭低頭。

王旭也明白，他這頭一低，恐怕就再也沒有資格和曹朋繼續叫板、談判……除非，他想謀反。

曹朋並沒有攙扶，也沒有做出禮賢下士的姿態。

「王旭，海陵衛這些年的遭遇，我也聽人說了。我知道，你們受苦了！」這一句話，就令王旭心中一顫，牴觸的情緒也一下子減少了許多。

「可這並不代表，你們可以為所欲為，也不能成為你們不聽朝廷調遣的理由。」曹朋的聲音陡然嚴厲，「王旭，過去數年間，你們夥同盜匪，劫掠商戶，並與東海鹽梟勾結，致使淮南鹽市混亂。海陵衛成立之初，所肩負是何等使命……不過，這都過去了，本官可既往不咎。」

「從即日起，海陵精兵要恢復訓練。我知你有練兵之能，所以依舊使你為軍侯。一應輜重軍械糧餉，你無須擔心，我自會設法解決。三個月內，我希望海陵精兵能煥然一新，而不是靠著十幾個人，就能把你們打得落花流水。」

「我……」

「我會任甘寧為別部司馬，留守兵營。如果三個月內，你不能練好兵馬，到時候可別怪我不給你臉面。」

王旭被曹朋訓斥的面紅耳赤，低著頭一句話也說不出來。

「好了，你現在可以退下。告訴你手下那些烏合之眾，讓他們老實一點。如果想招惹是非，那本官絕不會心慈手軟……自即日起，營中糧餉會恢復供應。這裡沒有你的事了，下去吧。」

王旭昏沉沉，從軍帳中退出，腦袋裡猶自是一鍋粥。

而步騭在王旭走出去之後，不免有些緊張的問道：「公子，剛才對這王旭，是否有些嚴厲？」

「散漫慣了的人，若不以嚴厲待之，恐難知利害。子山先生，我剛才如果有半點軟弱，那傢伙就一定會蹬鼻子上臉。有的人，可以禮待之，有的人卻不可以。我不需要他們對我歸附，我只需要他們聽從我的命令，其餘的並不重要。給我的時間，不多啊！」曹朋說罷，長嘆一聲。

而步騭也閉上了嘴巴，仔細的思忖曹朋方才那一番言語。

是啊，留給公子的時間，實在是太少……如今馬上就到暮夏，曹操隨時都有可能征伐徐州。那時候，公子隨時都有可能上前線。

用仁義道德教化這些散兵游勇，倒不如直接威懾來得有用。禮賢下士，也要看環境、分情況，如今這種狀況下，明顯不是禮賢下士的時候。王旭是否會歸附，不重要，重要的是，他必須練出一批好兵，一批能在戰場中搏殺、能建立功業的好兵。

只要是有了奔頭，這些海陵精兵自然就會歸附。

步騭點點頭，讚賞道：「公子所言，極是！」

「好了，我們準備進城。」

曹朋收起印綬，將甘寧喚來。

五十名精卒，盡數交付甘寧指揮，並命甘寧留守兵營。

對此，王旭會怎麼想？曹朋沒有那個工夫去理會。

他若聰明，自會效勞；若不聰明，曹朋也不會介意用他的人頭立威。東陵亭尚有郝昭善於練兵，甘寧更是一等一的大將，包括夏侯蘭在內，也曾為屯將。

說實話，曹朋並不缺人。

他現在，缺的只是時間！

縱馬從兵營中出來，曹朋在步鷺和夏侯蘭的陪同下，直奔海陵縣城。

自古以來，恩威並施。

如今，『威』有了，那『恩』又自何處來？

立馬於海陵縣城外，曹朋目視海陵縣那殘破的城牆，眼睛不自覺的瞇成了一條線……

建安三年七月，豫州大豐收。

推行屯田三年之久，終使得倉廩富庶。袁紹派遣使者向曹操借糧，卻被曹操嚴詞拒絕。許多人都不禁為之擔心，但曹操卻絲毫不懼。

「本初多疑。我如果借給他糧草，他會認為我別有居心；而我這樣強硬拒絕，他反而會放心。」

曹操坐在花園中，笑呵呵的對曹丕解釋。

曹賊

章七 大戰將起

年僅十一歲的曹丕，頗有些少年老成之相。只不過，他對於曹操的這個解釋，顯然無法理解。

可是他知道不能詢問曹操。因為有些事情，若說得太過清楚，反而不是一件好事。

曹操端起酒，抬起頭，向湛藍的天空看去。

但見白雲悠悠，變幻莫測……

曹操驀地笑了，舉杯向蒼穹遙遙舉杯：是時候，對那頭虓虎動手了！

章八 出兵

時間，轉眼已近九月。

八月桂花香，本應是秋高氣爽的好時節。可海陵連續十餘日淫雨霏霏，讓大家的情緒很低落。

徐州今年，又是一個災年！

自興平元年至今，已有五年的辰光。換句話說，陶恭祖死了五年，徐州在這五年，一直處於風雨飄搖中。曹操、劉備、呂布……你方唱罷我登場，每次更迭，都會令徐州瀰漫腥風血雨。短短五年，徐州人口銳減。想當初陶恭祖坐擁徐州時，有百餘萬人口，而現在呢，不過五十餘萬而已。五年時間，人口減半，大片的土地荒蕪，使徐州變得越發殘破。

昔日錢糧廣盛之地，如今連軍糧也無法供應。

而豫州屯田兩載，成績斐然，也使得呂布不由得為之心動。在考慮許久後，呂布決定，於來年在下邳屯田。徐州沃土千里，難道還比不得一個許都嗎？

只是這個冬天，又該如何度過？

呂布有點後悔了……之前袁術與他約定，夾擊小沛劉備。可劉備被打跑之後，袁術所承諾的軍糧器械根本不見蹤影。有心和袁術開戰，也必須要等到來年。當務之急，要解決糧荒。

這時候，張遼獻出一策。

海西今年屯田，同樣大獲豐收。

一年來，海西縣平穩發展。特別是在吞下了三萬海民之後，海西的人口劇增。其治下面積，已隱隱有和東海郡伊蘆鄉連為一體的趨勢。

「君侯，聽聞海西縣今歲收穫近百萬斛，何不向海西借糧？」

「哦？」呂布聽聞，頓時來了興致，早先還是愁眉苦臉的模樣，眨眼間雲消霧散。「海西，竟有如此多存糧？」

宋憲開口道：「既然如此，何須借糧？君侯，末將願取一支兵馬，攻克海西縣。想那彈丸之地，必不費吹灰之力。到時候把海西攻下來，百萬斛糧草豈不是盡歸君侯，何樂而不為？」

呂布怦然心動。

張遼大怒，「子遠，爾何出此言？莫非要置君侯死地？」

同為八健將，但張遼的身分和地位，明顯要高於宋憲。不僅僅是因為張遼武藝高強，兵法出眾，單以出身而言，就比宋憲高出許多。想當初董卓在世，張遼為北地太守，遠不是宋憲可以相提並論。所以，張遼這一發火，宋憲頓時止住了話語，訕訕然，不知該如何回答。

魏續說：「文遠何出此言？」

「海西，廣陵治下；鄧稷，朝廷所任。此時攻取海西，豈不是要得罪陳登，更與朝廷反目？況且，那鄧稷在海西威望頗高，而且與君侯也從未有過惡意。他能使一偏僻小縣變成今日之局面，君侯不招攬也就罷了，反而出兵攻打，豈不是寒了天下人的心？想當初君侯初至徐州，徐州何等模樣？而今徐州又是怎生狀況？我以為，君侯當有長遠之計，而非一味征伐。」

張遼說罷這一番話，心裡也有些緊張。他實在是忍耐不住，想要一吐為快。來徐州已經四年，可徐州越來越疲憊，越來越衰弱，長此以往，他們很難再繼續立足徐州。

呂布的臉色陰沉，沒有開口。

魏續怒道：「張文遠，你好大的膽子！」

「我只是實話實說而已。」

「實話實說？依我看，你分明是有了貳心。」

「全都住口！」呂布一聲怒喝，長身而起。他猛然向陳宮看去，卻見陳宮老神在在，好像沒有聽到剛才的那一番爭論。「公台，你怎麼說？」

陳宮沉吟片刻，微微一笑，「徐州連續災年，而今更是錢糧匱乏。文遠，你說得不錯，君侯當有長遠計。可問題是，我們若不攻伐海西，加之沒有足夠的糧草，又如何能支撐到來年？」

「這個……我們可以借糧。」

「如果海西不借呢？」

「我們……」

陳宮說：「海西，如今日漸強盛。其位於淮水北岸，已隱隱成了氣候，早晚必成君侯心腹之患。從海西到下相，不過兩天路程。一俟曹操用兵，海西必夾擊下邳，到時該如何是好？所以，海西必須要打。不但要打，而且還要打勝。若不然的話，與君侯必無半點益處。」

「可是……」

張遼還想要辯駁，卻被呂布打斷：「文遠，不要說了。公台所言不差，若任由海西發展下去，早晚必成心腹大患。這樣吧，我聽說徐縣近來似乎不太安寧，陳登在廣陵招兵買馬，似有不臣之心。你駐守徐縣，給我盯死廣陵方面的動靜。一俟陳登有異動，你就立刻渡淮水，吞併盱眙，隨時可以攻伐東陽。」

魏續、宋憲、侯成三人，幸災樂禍。而張遼卻顯得是面如死灰一般，頹然低下了頭。什麼監視陳登，說穿了就是被發配出去。很明顯，自己剛才那一番話，恐怕是觸怒了呂布。他嘆了口氣，插手道：「末將遵命。」

溫侯啊，你今日為這百萬斛糧草，早晚會惹來殺身之禍。

「那誰願為某出兵，攻伐海西？」

「末將願往。」呂布話音未落，宋憲已站起身來，「末將只需率本部人馬，再命宋廣前來，足以攻克海西。」

「如此，便辛苦子遠。」呂布微笑著點頭，而後命眾人散去。

魏續三人興高采烈的走了。而張遼則垂著頭，面色陰沉。

「文遠！」

身後有人呼喊他的名字，張遼回身看去。見是陳宮在喚他，他臉色一沉，冷冷的哼了一聲。

「文遠留步。」

「軍師有何吩咐？」

說起來，張遼此前和陳宮的關係還不錯。可是陳宮今天在議事的時候，令他顏面全無。為此，張遼心裡很不痛快，故而也不會給陳宮什麼好臉色。

陳宮又不是蠢人，如何不知道張遼的心思？

「文遠，休怪我今日駁了你的言語。我知你是一番好意，想要為君侯招攬人才。可是你有沒有想過，那鄧稷是什麼人？他是曹操部下，焉能被你我所招攬？既不能招攬，那就是個威脅。他或許很有本事，可越是如此，就越是要早些下手。海西縣擴張的速度太快了，這樣子下去的話，早晚必然會和咱們一戰。」

張遼盯著陳宮，半晌後說：「海西現在是一頭睡著的猛虎，雖然弱小，可是你把牠吵醒之後，還是能吃人。百萬斛糧草，便使得你忘乎所以。公台，你仇恨曹操，卻不該將私怨帶進來。」

陳宮臉色一變，「文遠，你這話是什麼意思？」

「什麼意思，你我心知肚明。」張遼說完，扭頭大步離去。

陳宮站在庭院中，臉色變幻莫測，看著張遼的背影，眼中閃過一抹駭人的殺機。

海陵兵營，一隊隊一列列的軍卒，正整齊的列隊在校場中，喊殺聲響徹蒼穹。

他們或手中執矛，或握刀盾，隨著一聲聲的號令，做出各種各樣的拚殺動作。那些長矛，全都是硬木包裹一頭，不配矛頭。刀盾也都是以木頭製作，劈砍起來更加的凶狠、凌厲……

「長矛手，出矛！」翟冏身著劄甲，嘶聲吼叫。

一排長矛凶狠刺出，扎在前方的木靶之上，蓬蓬蓬的聲響不斷傳來。伴隨著一聲聲號令，以及隱隱約約的戰鼓聲、長號聲，整個兵營裡，格外熱鬧。

甘寧站在點將臺上，目視校場中的搏殺。

點將臺下，五十名精卒列隊整齊，目不斜視。看著校場中的海陵精兵，逐漸有了些氣候，甘寧臉上閃過一抹笑容，輕輕點頭。不得不說，那王旭的確是有些本領，把一幫子兵痞很快便拿捏一處。海陵精兵的底子並不差，只不過由於種種原因而漸漸被荒廢下來，所以，只需要練一練，就可以成型。

王旭練兵的法子，或許有些土，但目前看來，還算是有用。

當然了，這和曹朋提供的給養及時也有關係。拿下海陵精兵之後，曹朋非常輕鬆的在海陵縣站穩腳跟。同時，他透過海西縣，調撥來了一批輜重軍械，配發到海陵兵卒的手裡，這也使得最初有些慌亂的海陵精兵很快便穩定下軍心。

隨後曹朋又請黃整等海西行首們過來，在海陵縣設置時常。不管怎麼說，海陵縣作為當初淮南鹽路樞紐，其地理位置很好，只是由於鹽瀆鹽場的廢置，使得海陵縣漸漸蕭條下來。可是作為根基，卻並不是太壞。

海陵縣共一萬三千人，有大片荒廢的良田，隨著集市的興建，使得海陵的物流重又暢通起來。當然，三個月的時間，也僅僅是暢通而已，想要發展，還有諸多困難，比如人口，比如物資……可不管怎麼說，這是一個好開始。

海陵百姓，隨著大批物資的流通，很快便穩定下來。

對於淮南人而言，有海陵這麼一個樞紐的存在，更方便他們的貨物流通……

短短三個月，曹朋便在海陵站穩了腳跟。至於兵營方面，曹朋並沒有過多的詢問，因為有甘寧在，他大可以放下心來。步騭被任為海陵縣主簿，僅在曹朋地位之下。而闞澤則為軍司馬，與甘寧一起，共同值守兵營。隨後，曹朋以王買為別部司馬，留守於東陵亭，郝昭為副將；夏侯蘭為海陵兵曹，招募百人，負責海陵縣的日常治安。

隨著海陵縣漸漸變得穩定起來，曹朋隨即將目光投注於下邳。他知道，曹操很快就會出兵……

陳登也沒有再過問海陵縣的事情，只是在曹朋剛到海陵之初的時候，詢問了一下他的情況。而後，他就好像把曹朋給忘記了似的，除了按時發放糧餉輜重之外，再也沒有召見過曹朋。但曹朋很清楚，陳登並沒有把他忘記！和自己一樣，陳登也在關注局勢的發展……一俟戰事發生，陳登就會在第一時間，把海陵精兵和他投入戰場。所以，他現在能做的，就是準備、準備、再準備……

一想到即將面臨真真正正的戰事，曹朋心裡面，也有些緊張。

不管是打雷緒，還是後來鬥海賊，曹朋都是用計來卻敵，而非真真正正的和敵人搏殺疆場。

可現在，呂布可不是雷緒，或者薛州之流可比。他麾下盡是百戰精兵，想打贏呂布，絕非易事。

而曹操，又何時會興兵呢？

把手頭的卷宗放下，曹朋走出房間。

天上，飄著雨絲，氣溫有些低。曹朋身著一件灰色中衣，外罩一件黑綢緞子錦袍。站在門廊上，他凝望蒼穹，吐出胸中的一口濁氣。這該死的鬼天氣，下起雨來便沒完沒了……

這是位於海陵縣城裡的一處宅院。

早年間，海陵縣尚未被廢棄的時候，有一座府衙，但是在黃巾之亂時便被毀去。曹朋抵達海陵的時候，那裡還是一片廢墟。不過現在，一個集市已初具雛形，正在修建之中。所以曹朋便選了一座不大，也不太小的宅院作為府衙。前面是辦公的地方，後面有兩個獨立的小跨院，黃月英她們就住在後面的跨院之中。

和黃月英一起，已有四個月了。每日耳鬢廝磨，感情精進的很快……

只是黃月英仍堅守著最後的防線，也使得曹朋一直未能得手。

不過，曹朋也不是很著急。他才十五歲！按照前世習武的說法，在身體發育完全之前，他必須要保持元陽之身。每日耳鬢廝磨，手眼溫存，便已經足夠，所以兩人至今仍分房而居。

「小寰！」

「小婢在。」

「去看看子山先生回來沒有？」

「嗯。」郭寰答應一聲，沿著迴廊，扭動小蠻腰，款款而行。

這小丫頭才多大年紀，居然已有了曲線……曼妙胴體，凹凸有致，將來必是個顛倒眾生的小妖女。她心計雖深，可是被黃月英收拾的服服貼貼。搬過來海陵縣之後，更是非常老實。

曹朋看著郭寰的背影消失，輕輕搖搖頭。

歷史上有沒有郭寰和步鸞這兩個人？曹朋還真想不起來。三國時期，給他印象最深的幾個女人，無非就是貂蟬、甄宓、江東二喬，和孫尚香。還有就是黃月英……

不過看郭寰和步鸞的趨勢，日後怕也不簡單啊！

想到這裡，曹朋拍了拍臉頰：胡思亂想什麼？有月英在，我此生足矣。

「公子，公子！」

就在曹朋準備轉身回房的時候，忽聽有人叫喊。他停下腳步，回過身，就見步鸞從拱門外急匆匆跑進來，神色顯得有些慌張。

「子山，何故如此驚慌？」

「剛得到消息，剛得到消息……呂布、呂布意圖征伐海西縣，已命宋憲領兵，三日後出征！」

「呃？」

「是長文派人暗中送信過來，我一接到消息，便立刻前來稟報。還有，長文還說，張文遠因為不同意出戰，已經被呂布發配徐縣。海西那邊想必也得到了消息，咱們該如何做才好？」

呂布，居然對海西用兵了？

曹朋眉頭一蹙，眼睛不自覺的瞇成了一條縫……

區區一個宋憲，說實話並不足為慮。

雖說他是大名鼎鼎的八健將，可八健將也有高低優劣之分。至少在曹朋看來，魏續、侯成、宋憲之流，和張遼差了一大截。坐在海陵縣城外兵營的大帳之中，曹朋在一瞬間想到許多事情。這一戰一旦開啟，他和呂布之間，就再也沒有回旋餘地……可惜了貂蟬的苦心。

「呂布派了宋憲為主將，以宋廣為先鋒，率六千悍卒，攻伐海西。」

說到這裡，曹朋微微停頓了一下，目光在眾人的臉上掃過。

連夜趕來的郝昭，明顯露出了尷尬之色。他似乎有些坐立不安，臉色一會兒白，一會兒紅。

「我與海西的關係，大家想必都很清楚。雖然內兄尚未派人求援，但我絕不會坐視不理。我非好戰之人，卻絕不允許有人毀掉我的心血。呂布，虓虎也！食人尚可，育人卻非所長。若海西落入呂布手中，此前一載辛苦，都將付之東流。最可怕的是，海西百姓又將流離失所，到時候我海陵，也必會受到波及。王旭，你以為然否？」

王旭沉默片刻，用力點點頭。他曾親眼見過流民四起的危害，更知道海西一旦混亂，淮南也難倖免。海陵縣好不容易緩了一口氣，昔日袍澤好不容易有了安穩生活，如果被破壞，他斷不答應。

「大人，末將願率一支兵馬，馳援海西。」王旭起身，插手請命。他這樣做，也算是向曹朋表明了自己的決心。

「既然如此，那我等即刻出兵，準備與呂布交鋒。不過，海陵縣才穩定下來，還需有人駐守……王買何在？」

「末將在。」

「著令你率一百精卒，屯守海陵縣。與你便宜從事之權，若有意外發生，可立即向廣陵求援。」

「喏！」

「郝昭。」

郝昭一怔，旋即露出黯然之色。他慢慢起身，拱手道：「末將在。」

「著你領一百精卒，屯守東陵亭，加強江防守護。」

「喏。」

果然如此……

郝昭心裡其實很複雜。一方面，與呂布交鋒非他所願。不管怎麼說，他是呂布的老鄉，同出於并州。而且呂布曾經是他心目中的偶像，哪怕後來被呂布送與曹朋，內心之中依舊對呂布非常仰慕。但是，曹朋待他也不算太薄，至少一直以來並沒有以主從的姿態待他，更似是朋友和兄弟。

想當初，曹朋立下宏大誓願，也讓郝昭佩服不已。

特別是在海西，可以說是曹朋一手打出今日海西的局面。期間種種手段，使得郝昭格外敬重曹朋。他不願意和呂布交鋒，卻更不願意被曹朋拋棄一旁。留守嗎？已說明了曹朋的不信任。連曹朋都不信任他了，他若是繼續留下來，又有什麼意義？可不留下，他又能去哪兒？

郝昭的年紀比曹朋大，但由於一直生活在兵營之中，所以心思很單純。

他的憂心忡忡，都表現在了臉上，曹朋也看在眼裡。只是曹朋並未贅言，也沒有開解他，繼續分派任務：以步騭為海陵司馬，闞澤為東陵亭司馬，負責協助王買和郝昭繼續留守原地。

待一連串任務分派完畢之後，曹朋最後一句『散了吧』，眾人紛紛起身。

「伯道！」曹朋喚住了郝昭。

本有些迷濛的郝昭停下腳步，扭頭看了過去：「公子……」

「陪我走走。」曹朋笑呵呵的走上前，拍了拍郝昭的肩膀。

郝昭的個頭比曹朋高很多，體格也顯得健壯許多。可不知為什麼，郝昭卻沒有感覺到不自然。

兩人走出軍帳，步出大營，一路上並沒有交談。

「公子……」

「伯道，你先聽我說。」曹朋停下腳步，看著郝昭，沉聲道：「我知道你現在心裡可能不太痛快，但我希望你能明白，之所以讓你留守東陵亭，並非我不信你，而是為了你考慮。」

「為我考慮？」

「你是並州人，對不對？」

「正是。」

「你麾下部曲，盡出於下邳，對不對？」

「是。」

「那你有沒有想過，將來在疆場上遇到昔日袍澤，該如何面對呢？」

「這個……」

「很明顯，你並沒有想好。」曹朋輕聲道：「在我看來，你一直在疑慮，是應該臨陣倒戈？還是一同殺敵？你這種猶豫，並不適合上疆場，那樣會害了你，也會害了那些跟隨你的部曲。大丈夫馬革裹屍還葬耳，道理是沒錯，可這馬革裹屍，也要視情況而定。我不想你因為猶豫，而壞了性命。你有才華，更有本領，將來應該做大事業，非是因猶豫而戰死疆場。」

「可是，我……」郝昭話說出一半，又嚥了回去。

曹朋笑道：「你看，你自己都不敢肯定。」說著，翻身跨坐上馬。

「伯道，你知道你現在缺乏什麼嗎？」

「什麼？」郝昭滿眼迷茫。

「一顆堅定的心！」曹朋在馬上，握拳做出一個堅定的動作，「你自己都不堅定，如何能讓你的部曲隨你堅定？宋憲，跳梁小丑而已，不足為慮。但我不希望你在面對呂布的時候，仍在猶豫……回東陵亭吧，為我看護好家園。海陵是我的根基，單憑博聲一人，很難兼顧兩邊。」

「什麼時候，你認為自己不會再猶豫，我就讓你出戰。不僅僅是面對呂布，還包括你自己……好了，我要回城裡，你也趕回東陵亭，想明白之後，再告訴我。」說完，曹朋撥轉馬頭，揚鞭而去。

營門外，郝昭看著曹朋遠去的背影，自言自語道：「堅定的心？」

他有些想不明白，但心裡面，卻似乎沒有了之前的抑鬱和迷茫——至少，公子他還相信我！

深吸一口氣，郝昭抬起頭，看著黑漆漆的夜空。

公子說得不錯，我至今仍在猶豫……

海西，塔樓上。鄧稷把身上的袍子用力緊了緊，站在窗口，鳥瞰夜幕中的海西縣城。

西校場的燈火星星點點，從校場傳來的刁斗聲，梆梆梆，已過了三更時分。整個海西縣，都顯得很寂靜。隱隱約約，能聽到從塔樓下走過一隊巡兵，整齊的步伐透出一股威武之氣。

整個海西縣，共八百兵馬。其中包括了兩百巡兵、一百執法隊、三百屯田兵，以及兩百水軍。由於海西縣封鎖了東海私鹽通路，以至於私鹽販子們只能另尋其他途徑。這也包括了從海上通路，就是從朐山裝船，沿海路運送。東漢末年的海船還算不得太強大，只能沿近海航行。從郁洲山截獲下來的八艘海船，足以封鎖海上通路。周倉以郁洲山海島為基地，將朐山至海西的海路完全封鎖起來，兩艘海船一隊，輪流出擊，如今已漸漸有了幾分水軍氣象。

不過，這兩百水軍，並不為人知……這也是曹朋離開海西之前，千叮嚀萬囑咐的結果。甚至包括郁洲山海島，也是秘密占領。那裡現在是一片荒島，甚至連東海郡都不清楚狀況。

「老爺，很晚了！」胡班從樓下走上來，在鄧稷身後站定。「夫人派人催促，說是請老爺早點回去。」

鄧稷驀地警醒，扭頭問道：「信使，可曾派出？」

「濮陽先生已派人前往海陵，估計這個時候，應該已抵達射陽，最遲天亮時分，公子便可收到消息。」

「阿福臨行之前，曾與我說過：木秀于林，風必摧之。當時我還不是很在意，可現在看來……海西縣吞下三萬海民，其聲勢已經駭人。今年秋收，我不應該大肆宣揚。百萬斛存糧，雖說令海西糧價跌至每升三十錢，卻招來了他人眼紅。」

「可是，海西百姓對老爺卻是感激萬分。」

鄧稷苦澀一笑，輕聲道：「我打壓糧價，他們固然感激；可我若為他們找來戰事，他們還會感激嗎？六千兵馬……呂溫侯此次對海西，看樣子是勢在必得。一場惡戰，怕在所難免。」

胡班沒有接話。

事實上，秋季豐收，也怪不得鄧稷張揚。

百萬斛的存糧，不僅僅讓鄧稷有些忘乎所以，甚至包括濮陽闓在內的許多人也為之興奮。

唯有一人，當時曾阻止鄧稷打壓糧價。理由很簡單：海西縣糧價每升七十錢，看似很高，實際上相比其他地方，已經算是很低了！諸如同樣豐收的許都，如今糧價則是在每升一百一十錢，而下邳等地，糧價更高達三百錢。以七十錢的價格穩定海西，目前剛好合適，如果再壓低糧價的話，勢必會造成他人對海西縣的窺視……

只可惜，這樣一個建議，在當時被許多人所忽視。為此，主簿戴乾甚至與那人激烈的爭吵。而鄧稷當時雖然沒有發言，可是從態度上來看，無疑是站在戴乾一邊，最終還是打壓了糧價。

也許，那個人可以為老爺解憂？

「老爺，其實您也不必憂慮。潘文珪有萬夫不當之勇，周縣尉同樣是身經百戰。咱海西縣，也不是任人欺凌之地。老爺在海西威望甚高，只需要振臂一呼，哪個敢不相從？至於呂布的六千兵馬，何不向人請教？」

「誰？」

胡班不禁笑了，「老爺的同族兄弟，可不是等閒之輩。還記得當初來海西的時候，公子曾多次打聽他的情況，顯然是對他非常看重。當初他曾諫言阻止打壓糧價，足以說明他有先見之明。何不向他請教一下，說不定能有應對的辦法。」

鄧稷眼睛一亮，「你是說，伯苗？」精神在剎那間，頓時振奮許多。「不錯，咱們這就去伯苗家中求教。」

「可天色已晚……」

「沒關係，我想伯苗此時，斷然還沒休息。」

鄧稷匆匆走下塔樓，早有隨從牽馬過來，胡班攙扶著鄧稷翻身上馬，而後才跨坐馬背之上。

一行人，在漆黑的夜色中，沿著濕漉漉的街道急行。

在快到北集市的時候，拐進一條小巷，在一處宅院門口停下。胡班先下馬，攙扶著鄧稷從馬上下來。然後三步併作兩步便跳上門階，伸手抓住門環，蓬蓬蓬叩擊三下。從門內，傳來腳步聲。

「鄧先？」
門打開了，從院子裡走出一名四旬老者，手裡還拎著一只燈籠。鄧稷有些呆愣，只因這老者衣衫整齊，看不出是匆忙起身的跡象。
他剛要開口，就見老者一躬身，輕聲道：「大公子，我家公子在書房，已恭候多時。」
「這麼晚了，伯苗還沒有歇息？」
「公子說，大公子一定會來，所以一直在書房裡等待。」
鄧稷聽聞，心中不禁一震，連忙邁步走上臺階，跨入宅院。
胡班和那老家人鄧先，則在偏房裡歇息。看到偏房床榻上已收拾好的行李，胡班心頭一咯登。
「老鄧，你們這是……」
「少爺說了，如果大公子今天不來，天亮之後，他就會告辭離開。」
胡班激靈靈打了個寒顫，「老鄧，你們要去哪兒？」
「回老家……其實在來海西之前，我家公子聽說巴西太守龐羲好士，已有意前往巴西投奔。只是大公子來信，邀請公子來海西共謀富貴，公子才改了主意，帶著我來這邊……之後的事情，你也知道了！大公子在海西很順利，公子感覺大公子有些張狂，所以不是太滿意。如果大公子今天不過來的話，那公子就不會再留下來幫助大公子了。」

好傢伙，險些誤了大事！胡班不由得暗自慶幸，幸虧自己想到了這位，否則的話……不過聽鄧先的話，這一位鄧公子，莫非已有了破敵之策？心裡的一塊大石，頓時放回肚中。若如此，海西無憂矣！

與此同時，鄧稷邁步走進了書房。

書房中，點著兩根大蠟，十公分長的火苗子噗噗直跳。在書房正中央，懸掛著一幅地圖。地圖前面，一個身著大紅色錦袍的青年正負手而立，他背對著房門，長髮披散於肩頭。

聽到腳步聲，青年轉過身來。只見他肌膚白皙，面如敷粉，劍眉朗目，透著一股英朗之氣。看是鄧稷進來，青年也出了一口氣：「大兄，你總算來了。」

鄧稷看著青年，半晌後上前一揖，「悔不聽伯苗之勸阻，以至於海西有今日之禍。我知道我之前有些張揚，可是還望伯苗你能看在昔日情分上，助我一臂之力，保海西一個清明……」

青年連忙上前，「大兄，你這又何必？」

他微微一笑，「若呂布親來，或是張遼統兵，我說不得會勸大兄你讓出海西，退往東海郡。不過，區區一個宋憲，即便是有六千兵馬，在我眼中也不過土雞瓦狗耳，大兄何慮之？」

鄧稷眼睛一亮，「伯苗，計將安出？」

章九

海西策士鄧芝

青年名叫鄧芝，字伯苗。

他正是鄧稷最初對曹朋提起過的同宗兄弟，並在建安二年，鄧稷到海西赴任前邀請的幫手。只不過，鄧芝一直很猶豫，一直拖到今年五月，曹操征伐穰城的時候才動身啟程。

鄧芝為什麼猶豫？

很簡單，因為他不知道鄧稷能做到什麼樣的地步。

東漢末年，並非單純的依靠同鄉之誼，便能邀請人前來幫忙。邀請人固然要考慮被邀請人的才能德行，被邀請人同樣也要考慮邀請人的水平。鄧芝和鄧稷也算世交，雖說後來不怎麼聯繫，但彼此間並不陌生。只是鄧芝不清楚鄧稷能否站穩腳跟！在他看來，如果連腳跟都站不穩的人，恐怕也很難成就事業。所以，在得到鄧稷的邀請之後，鄧芝並沒有急於答應下來。

隨著鄧稷在海西站穩，就如同是通過了一次考試。

鄧芝在收到鄧稷的第二封書信後，最終下定決心，放棄入巴西投奔龐羲的念頭，轉而前來海西。

只是，當鄧芝來到海西時，其身分就顯得有些尷尬。畢竟在最初他沒有參與，一下子就想成為海西的第二把手，也不太可能。

而且，鄧芝來到海西後也聽說了，海西縣真正的二把手，並非如今的海西縣城濮陽闓，也不是縣尉周倉。海西最具威懾力的人，是已經前往廣陵縣，隨同荀衍出使江東的曹朋。就這一點而言，曹朋在海西的地位，甚至連鄧稷也比不上。那些平民百姓也許不清楚這其中的種種奧妙，可濮陽闓、戴乾，乃至於包括九大行首在內的人，都清楚海西有今日的繁榮，源自曹朋。

鄧芝不禁對曹朋產生了強烈的好奇心。

四月至海西，而後鄧芝就一直在暗中觀察海西的事宜。從北集市行會，到堆溝集屯田，鄧芝越看，就越是覺得心驚……

隨著曹朋返回廣陵，出任海陵尉之後，鄧芝敏銳的覺察到，曹朋在海陵以雷霆之勢接收海陵衛，似乎還並非表面上看得那麼簡單。一般來說，掌一縣之地，應該是潛心發展，增加人口，開墾土地……可曹朋赴任之後，非但沒有這些措施，反而一味的強化練兵。至於內政方面，他也沒有投注太多的精力，只是從海西縣九大行首的手中抽調資源，加以補充。
這，不符合曹朋的風格。
「想必，友學早在赴任海陵時，已覺察到和呂布必有一戰？」
鄧芝拉著鄧稷坐下，為鄧稷到了一杯熱水。
鄧稷一怔，點點頭，「當時阿福曾來信，讓我秘密練兵。只是由於當時正忙於秋收，以至於我忽視了此事。現在想來，阿福那時候就應該有所覺察……老天，我怎能把此事忽視？」
鄧稷一拍額頭，露出懊悔之色。
鄧芝說：「友學在海西時，並沒有窮兵黷武，而是規範集市、丈量土地、清查人口……由此來看，他對於政務方面，頗為看重。可是看他到海陵縣之後，所作所為就是窮兵黷武之舉。我之前一直有些疑惑，究竟是什麼原因令友學改變若斯。現在看來……他那是未雨綢繆之舉。所以，大兄無須緊張，即便我想不出什麼辦法，友學也絕不會坐視海西受難。」
不知為何，鄧芝雖然沒有說出半句關於退敵的方法，可鄧稷的心緒卻一下子平靜了下來。
沒錯，海陵尚有阿福！
「伯苗，那你可有主意？」
鄧芝看了一眼書房正中間的地圖，輕聲道：「宋憲，一莽夫耳，不足為慮。我只問大兄，可曾想過若擊潰宋憲之後，下邳虓虎又會有什麼反應嗎？他會坐視宋憲之敗？」

鄧稷聽聞，倒吸一口涼氣。這一點，他還真沒有想到。

「我有一計，可不費吹灰之力，令宋憲六千武卒灰飛煙滅。可問題是，宋憲走了，呂布會繼續攻擊。到時候，海西還是不可避免的要遭受戰亂，而叔孫你一年來的心血也就要付之東流。我相信，不僅是你，包括友學也不願見到此等狀況。」

「那你的意思是……」

「宋憲，必須要打；海西，必須要守。」

「怎麼打？怎麼守？」鄧稷糊塗了。他一個修刑名的人，雖說這一年來見識等各方面都有極大的提高，可在軍事上，卻非他所長，以至於鄧芝說出這一番話後，他根本就反應不過來。

鄧芝喝了一口水，拉著鄧稷走到地圖前，「打，很容易；守，卻很困難。所以我的意思是……」

他說著話，在地圖上畫了一個圈，然後用力一拍，「咱們在這裡守！」

鄧稷看清楚了那地圖上的地名，頓時愕然。他沉吟半晌，猛然抬起頭，看著鄧芝道：「你的意思是，咱們主動出擊，攻取曲陽縣嗎？」

「正是。」

「可是……」

「此戰一啟，最多十日，必有變數。」

鄧稷呆呆看著地圖，半晌後一咬牙，用力一點頭，「我明白了……伯苗，咱們立刻回縣衙，商議此事。」

鄧芝微微一笑，「如此，大兄先行。」

他等這一天，已經足足半載。

失了先機，再想要趕上，並非一件易事。鄧芝心裡明白，只有漂亮的擊潰宋憲，使海西度過此一危機，他才算是在鄧稷手下站穩腳跟。

從一開始，鄧芝就留意到海西縣最大的一個破綻——沒有策士。

不論濮陽闓還是戴乾，有輔政之能，卻無謀劃之才。而這樣的環境，恰恰是鄧芝所長之處。

歷史上的鄧芝，屬於大器晚成的類型，最終至車騎將軍之位，恰恰屬於策士範疇。

鄧芝的到來，正好補足了海西縣的最後一塊短板。

看到鄧芝和鄧稷走出書房，鄧先連忙上前相迎：「公子！」

鄧芝道：「鄧先，我隨大兄前往府衙，你在家守好便是。」

「喏！」

鄧先是跟隨鄧芝父子兩代人的老僕人，也算是從小看著鄧芝長大。從這一句話當中，他便聽出了其中的意味。鄧芝，決意留在海西了！於鄧先來說，他自然希望鄧芝留下來。不管怎麼說，鄧稷和鄧芝有同宗之誼，是堂兄弟。打仗親兄弟，上陣父子兵，這也算是人之常情。

老家人看了看鄧芝，又看了看鄧稷。隨後和胡班微微一笑，也使得胡班如釋重負。

夜色正濃，氣溫很冷。秋雨在後半夜絲絲縷縷飄落下來，給這寒夜又增添了一份寒意。

鄧芝深吸一口氣，催馬跟隨在鄧稷後面。不過，他心中旋即又生出一個古怪的念頭出來……看那曹友學走之前的種種安排，焉能不清楚海西的缺陷之處？

濮陽闓、戴乾所負責的主要是內政和屯田事宜；周倉很少在城中，大多和潘璋一起，負責稽查私鹽，兩人雖有縣尉之名，卻不行縣尉之責。海西縣的軍事，還是掌握在鄧稷的手裡，而鄧稷並無軍事才能……也就是說，曹朋離開海西的時候，刻意留下一個策士的空缺，莫非就是在等自己過來嗎？

想到這裡，鄧芝先前的喜悅一下子熄滅了，取而代之的，卻是一種震驚和駭然。

若真如此，那曹朋卻是一個知我之人……

建安三年八月二十八，呂布下令征伐海西。

宋憲騎在馬上，看著浩浩蕩蕩的大軍沿官道行進，臉上露出得意的笑容。在他眼中，此次征伐海西簡直就是唾手可得，到時候奪了海西的百萬斛糧草之後，呂布定對他更加看重。

還有……那個小賊曹朋，去年時在下邳長街，殺了他的戰馬。為了這件事，宋憲在過去一年裡幾乎無法抬頭，就連他最好的朋友魏續和侯成見到他，也會調笑幾句。如今這小賊雖然不在海西，可那海西令卻是曹朋的內兄，到時候砍了鄧稷的人頭，也可以出胸中一口惡氣。想到這裡，宋憲突然有些急不可待，下令兵馬加速行進。

從下相出兵，至曲陽可說是一路坦途。

宋憲命姪兒宋廣，也就是前盱眙長為前鋒軍，率一千兵馬開路。他自領五千大軍，隨後跟進。出發兩天後，抵達曲陽，並在曲陽休整一日，補充輜重之後，向海西進發。

從曲陽至海西，大約有一天路程。

時值九月初一，天氣越來越冷。一夜小雨後，使得道路變得泥濘起來，大軍行進速度變得緩慢許多，至正午時分，才行進三十餘里。宋憲見此情況，不禁有些頭疼。

「傳我將領，大軍加速行進。」

「將軍，這種道路，怎可能走得快呢？再說了，海西百萬斛糧草，他們一天也不可能吃得乾淨。倒不如徐徐行進，反正那海西跑不了。」有親隨勸說，試圖令宋憲減緩行軍速度。

哪知道宋憲聽聞大怒：「爾不知兵貴神速嗎？我等早一日到達，海西就少一日準備。君侯與我兵馬，可不想我在海西這彈丸之地損兵折將。」

從道理上講，宋憲說得倒是沒有錯誤。兵貴神速，他們越是早一日抵達，海西就少一分抵抗。

「可是……」

「不用說了，告訴兒郎們，攻破海西，任他們擄掠三日。海西縣，據說現在可是富庶得很。」

下邳距離海西縣並不遠，並且同在淮北。這一年來海西的變化，下邳人又怎可能不清楚？且不說那百萬斛糧草，單只是那邊開設鹽引，便使得無數商人趨之若鶩，其富庶程度，未必會輸於當年的下邳國。有了宋憲這一道擄掠令，六千大軍立刻如同打了興奮劑一樣，一路嗷嗷叫著，撲向海西。

天黑時，大軍已遠離曲陽，距離游水不過三十里而已……過游水，便是海西治下！

游水，發於東海朐山，南北走向，流經朐縣、伊蘆、海西三縣，注入淮水。

海西，正好位於游水的下游位置，並構成了海西縣西面的一道天然屏障。只不過，游水並不是太寬，河水也不算湍急，加之泥沙衝擊，使得河床偏高，河水不深，徒步渡河也只能沒過脖子，而最淺處僅止半腰。此前，河面上還有幾座木橋，但當宋憲抵達時，橋梁已被毀壞。

看著水流舒緩的河面，宋憲不禁笑了。

他對宋廣道：「鄧叔孫不過是個呆子，以為拆毀了橋梁，便能阻止我們過河。卻不知，這游水不深，即便是把橋梁拆毀掉，也休想阻攔我大軍行進……傳令下去，三軍連夜渡河，於游水東岸紮營。寅時造飯，卯時點兵。待天亮後，三軍出擊，將海西一舉克之。」

「喏！」宋廣連連點頭，在馬上插手應命。

其實，宋廣對曹朋同樣是懷有深深的嫉恨。想當初曹朋去廣陵，途徑盱眙時，著實羞辱了他一番，這也讓宋廣一直懷恨在心。原本想製造謠言，使得曹朋在廣陵無法立足，可誰曾想，這曹朋居然結交了陳群等一干人物，使得當初宋廣製造的謠言很快便不攻自破，煙消雲散。

而今，曹朋已任海陵尉。雖說在品秩上比不得宋廣，但實際權力……

如果說，宋憲對曹朋是仇視，那麼宋廣對曹朋則是嫉恨參半。此次能攻伐海西，對宋廣而言，也是一個報仇的好機會，所以這一路上，他也顯得極為興奮。

隨著宋憲一聲令下，大軍開始渡河。

海西的地形，西高東低。渡過游水之後，東岸便是低矮的河灘。

不過，宋廣還是感覺有些奇怪。因為這游水，似乎比平常淺許多，徒步涉水渡河，河水也只沒到了胯部。要知道，平常這裡的河水至少會沒過腰。

「叔父，今年這游水，似乎比往年淺許多啊。」

宋憲站在河西岸的高處，正在督促兵馬渡河。這次渡河，非常順利，大部分兵馬已經過了河水，開始在東岸河灘上搭建營寨。河西岸，此時大都是輜重車輛。一開始，宋憲也沒有太留意，只是感覺有些奇怪，可聽到宋廣這一句提醒之後，宋憲心裡沒來由咯登一下。

是啊，這河水似乎太淺了……昨天才下了雨，按道理說，河水不可能這麼淺才是。

畢竟是八健將，不管他武藝如何，跟隨呂布東征西討，宋憲的眼力還是有的……

他突然意識到事情不妙，臉色頓時煞白，急吼道：「立刻撤離河灘！立刻撤離河灘！」

河水東岸的兵卒們正忙碌著紮下營寨，同時輜重車輛也正緩慢的向河對岸進發，宋憲這發狂般的叫喊，使得士兵們一下子懵了……不是說在河灘安營紮寨，天亮之後進攻嗎？怎麼突然又要撤離河灘！

不過，軍令如山，既然將軍有令，士兵們自然聽從。只是這樣一來，河灘東岸頓時人喊馬嘶，亂成一片，許多人甚至沒弄明白是怎麼回事，便匆匆行動起來。

就在這時，河東岸丘陵中，一支鳴鏑騰空而起。

緊跟著，一連串的鳴笛聲迴盪在游水上空，此起彼伏，連綿不絕。

宋憲臉色一變，忙準備下令加速撤離。忽然間，只聽得轟隆一聲巨響從北面傳來……那聲音，猶如巨雷一般，迴盪不息。宋憲順著那巨響的方向側耳傾聽，只聽得轟隆隆如同萬馬奔騰，地面隨之顫抖起來。河水在瞬間暴漲許多，從游水上游，一股洪流挾雷霆萬鈞之勢洶湧撲來……

「水攻！」宋憲嘶聲吼道：「快跑，全軍撤離！」

可是，能跑得了嗎？

距離河灘大約十里處，攔河水壩高高築起。

自朐山而來的水，在此被阻攔下來。由於水流不急，同時還要兼顧河床不乾，下游不會出現斷流，所以早在三天之前，鄧芝就命鄧範開始在此地蓄水，所為的就是迎接宋憲的到來。

之所以選擇鄧範，也有原因。一來鄧範和鄧芝是同宗，二來鄧範的身手已突破易骨瓶頸，達到易筋的水準。以戰鬥力來說，鄧範如今只遜色於潘璋、周倉，卻已經超過了海西縣兵曹掾馮超。以至於鄧芝初至海西縣的時候，不禁嚇了一跳，小小海西縣竟然藏著一個一流武將、兩個二流武將……

據說，曹朋還帶走了三個人，皆為悍勇之輩。

一個二流武將，若放在曹操帳下，至少也是個檢驗校尉，甚至可能是獨領一軍的都尉。

海西縣，還真是藏龍臥虎！

若論輩分，鄧範是鄧芝的族弟，兩人同輩。鄧芝倒是知道鄧巨業，但兩家人並沒有什麼來往，不過畢竟是同宗，相處起來也很方便。鄧範的性子偏老實一些，沉默寡言；而鄧芝呢，思路敏捷，才華出眾。兩個人本不可能成為朋友，偏偏因為這同宗之誼使得他們產生交集。一直以來，鄧範對鄧芝都保持尊重，也使得鄧芝對鄧範頗為讚賞。這次抵禦宋憲來犯，鄧芝所獻的計策，正是水攻之計！

淮北，本就是一個河流縱橫之地。而海西的地理位置，也注定它的地勢舒緩。

鄧芝來到海西半載時光，表面上整天遊山玩水，不務正業，可實際上呢，他已經把海西的地形牢牢掌握於胸中。得知宋憲來犯的消息之後，鄧芝便一直籌謀，最終採用了水攻之策。

夜色裡，游水下游，人喊馬嘶。

鄧範表情平靜，站在河堤上，看著大壩後滿滿騰騰的河水。

「嚴法。」

「喏！」

鄧芝不由得笑了，「嚴法，咱們是同宗兄弟，說話何必拘謹？」

「鄧司馬，非是拘謹，而是規矩。阿福曾說，沒有規矩，不成方圓。咱們現在是臨戰，自然當守軍中法紀才是。」

鄧芝聽聞，表情一肅。

此話出自《孟子．離婁上》，原話是：離婁之明，公輸子之巧。不以規矩，不成方圓。

看起來，曹友學的學識不淺啊。

鄧芝道：「嚴法所言極是，此我之過錯。」

鄧範笑了笑，沒有接話。

鄧芝順著河堤往下游眺望，眼中閃過一抹精芒，問道：「嚴法，你瞭解你那位兄弟嗎？」

「鄧司馬是說阿福?」

「嗯!」

鄧芝在和鄧稷定計之後,被任為海西別部司馬之職。

他心中,始終存一疑問,那就是曹朋為何獨獨疏漏了海西縣軍事?表面上看,海西縣的軍事完善,可實際上,一直缺少一個別部司馬。鄧芝有一種直覺:這別部司馬,是曹朋為他預留。

鄧範說:「我不瞭解。阿福之才,勝我百倍,非我所能測度。想當初,我也不服氣他……可後來,我發現他懂得很多,令我心悅誠服。我們結義時,大哥他們本沒有把我算進去,還是阿福拉我進去……幾位兄弟當中,我誰都不服。哪怕大哥他們,我也不放在眼中,唯獨阿福,可掌我生死。」

「那他去廣陵,為何不帶著你?」

鄧範呵呵一笑,「那是因為,我本事不夠。」

為武將者,到了鄧範這種程度,哪個沒有傲氣?

人常說文無第一,武無第二。在鄧芝想來,鄧範這等身手,未必會服氣曹朋。可聽他所言,卻好像全無半點傲氣……不過鄧芝可是知道,鄧範在海西的傲氣是出了名的,哪怕是潘璋,也未必能壓得住鄧範。他手下一百執法隊,幾乎是獨立於海西縣之外,不受任何人節制,也包括鄧稷。此前鄧芝還疑惑,鄧範為何甘做一介曹掾,現在,他明白了!

也不知那曹友學究竟有何本事，能使鄧範如此死心塌地。

正要開口，就聽游水下游處傳來一陣喧譁騷亂，緊跟著鳴鏑響起，鄧芝抬頭觀望，眸光一凝。

「宋憲覺察到了……嚴法，放水。」

「放水！」鄧範厲聲吼道，上前一刀，便砍斷了攔河水壩上的木樁。

足有數米高的河水，產生出巨大的壓力。隨之木樁一根根被砍斷，攔河水壩發出嘎吱嘎吱的聲響。

「撤離，撤離！」鄧範大聲吼叫，水壩上的軍卒紛紛退到了西岸。

失去了木樁的攔截，沙石袋子漸漸抵擋不住流水的衝擊，伴隨著一聲轟隆巨響，河水猶如一條凶猛的野獸，撞開水壩，向下游衝擊而去。

三天的時間，蓄水足有數米高度。當水壩崩塌之後，失去了束縛的河水循著河道衝去，挾帶著大量的木樁、泥沙和石塊，翻滾著，打著旋，那聲勢之駭人，即便鄧範早有心理準備，也不禁為之色變，暗中感慨不停……

轟隆隆，水龍咆哮。在游水下游河床上的輜重兵，幾乎被嚇傻了。

當河水衝過來的時候，沉甸甸的輜重車輛一下子便被掀翻，水流中挾帶的斷木，凶狠的撞擊在輜重兵的身上。輜重兵慘叫一聲，便被河水捲走，流淌的鮮血連個血泡子都泛不出來。

由於河水西高東低，而宋憲所選擇的渡河處，正是一個彎道所在。
本來，由於彎道的緣故，使河水平緩。可現在，凶猛的水龍呼嘯而過，一下子便撞毀了西岸河堤。河水失去束縛，在西岸河灘上翻滾席捲。
河灘上的下邳兵被眼前的景象嚇傻了，竟然一個個呆立在河灘上，等到河水到來的時候才省悟過來，他們淒厲的哭喊、吼叫……卻無法阻止那肆虐的河水洶湧襲來。數以百計乃至千計的軍卒，被凶猛的河水捲走、吞噬……
宋憲站在高崗上，腦袋裡一片空白。
就，這麼完了？
六千兵馬，那可是六千大軍啊！
宋憲忍不住厲聲咆哮：「鄧稷，爾非好漢！竟是詭詐！」
宋廣死死抱住宋憲，叫喊道：「叔父，不可衝動，不可以衝動啊……我們趕快走，這裡不安全。」
嗚——嗚——嗚——
宋廣剛說完，就聽到一連串悠長的號角聲。他疑惑道：「什麼聲音？」
宋憲激靈靈打了個寒顫，猛然省悟過來。常年行伍，他焉能聽不出那號角聲正是軍中長號嗚咽？
三短一長，發動攻擊！

他連忙向四周看去，就見西岸北面，火光閃閃。一支人馬由遠而近，疾馳而來，為首的是一匹黑色戰馬，馬上大將手舞龍雀，風一般衝來。

「狗賊，焉敢犯我邊界！東郡潘璋在此，恭候爾多時！」

「迎敵，迎敵！」宋廣大聲叫喊，連拉帶拖，把宋憲推到馬上。

「叔父速走，姪兒斷後。」

「宋廣……」

「請叔父莫要遲疑，速回曲陽，重整兵馬。」

宋憲也知道，此情此景下，他實無太多勝算。六千兵馬，有三分之二在東岸，如今卻被洪水吞噬。剩下的三分之一，有一半是輜重兵，根本不要去想著能派上用場；剩下的一半雖說也有近千人，可目前的狀況，軍心散亂，士氣低落，那有可能攔得住養精蓄銳的海西兵馬？

「夷石，你多保重，為叔在曲陽等你。」

宋憲也不贅言，帶著人就衝下高崗，亡命而走。

宋廣翻身上馬，提槍四顧。只見西岸河堤上，兵卒如無頭蒼蠅般，四處亂走。他一咬牙，催馬擰槍，厲聲喝道：「兒郎們，隨我迎敵！」

胯下坐騎希聿聿長嘶一聲，馱著宋廣便衝向了潘璋。火光之中，潘璋面目猙獰，手中大刀撲稜稜一翻，胯下馬驟然加速，在瞬間便到了宋廣跟前，長刀呼的一聲，力劈華山斬向宋廣。那宋廣舉槍相迎，只聽鐺的一聲巨響，大刀劈在長槍之上，只震得宋廣兩臂發麻，耳朵根子嗡嗡直響，他不由得心中大驚：老天，這海西縣，怎會有如此悍勇的猛將……

說起來，宋廣的武藝也不差，算得上二流水準，八健將之下，也是能排得上號的人物。

他原以為，海西縣即便有些人物，也不過二流而已。

哪知道甫一交手，這潘璋竟是個一流猛將！宋廣本懷著死戰之心，可是這實力懸殊也太大了……死戰，還能有什麼意義？想到這裡，宋廣二話不說，撥馬就走。他想著自己胯下戰馬也是並州帶來的寶馬良駒，至少從騎術上來說，那可不是一般人能夠相比。

不料潘璋一刀得手之後，雙腳踩鐙，猛然一催戰馬，順勢將大刀交到左手，右手反掌從馬背兜囊中取出一桿短矛。只見潘璋猛然在馬背上長身而起，身體向後半仰，口中發出一聲如雷巨吼，振臂執矛。五十公分左右的短矛，掛著一股風聲，呼嘯著向宋廣飛去。

宋廣耳聽八方，聽到身後的異動，連忙在馬上側身，反手一槍揮出，拍飛了潘璋的短矛。可他這一回身，胯下坐騎不由得一頓。

潘璋趁這個機會，縱馬就追上前來，身體猛然一探，大刀橫抹，一招玉帶纏腰，斬向宋廣。

刀疾，馬快！

宋廣再想要封擋，可就來不及了。只聽喀嚓一聲，宋廣被潘璋這一刀，攔腰斬為兩段！半截身子跌落馬下，下半身卻仍坐在馬背上。

臟器灑落一地，宋廣瞪大了眼睛，口中那一聲慘叫還未發出，就見潘璋縱馬衝過去，鐵蹄凶狠的踩在了宋廣的面門上。就這一下子，便將宋廣的腦袋踩得一個稀巴爛……

「休放走了宋憲！」

「休放走了宋憲……」

喊殺聲，在身後迴響。

宋憲腦海中，卻是一片空白。原以為，小小的海西，可以不費吹灰之力。哪知道損兵折將、全軍覆沒不說，卻連海西縣的城牆都沒能看到。

洗掠海西？

如今想來，就好像一個笑話一樣。

宋憲縱馬狂奔，衝出不多遠，忽聽前方有人高聲喊喝：「宋憲，海西縣尉周倉，在此恭候多時。」

從丘陵後，轉出兩百餘人。為首一個黑大漢，胯下馬，掌中刀，惡狠狠撲向宋憲。

「攔住他，攔住他們！」宋憲此時，心神已經完全慌亂，在馬上大聲吼叫。

幾十名騎將催馬衝出，便把周倉圍住。可不等他們動手，就見周倉身後一員大將，彎弓搭箭，嗖嗖嗖三箭連發，便將三名騎將射殺馬下。與此同時，周倉大刀刀雲翻滾，上下翻飛。戰馬過處，一名騎將便被周倉一刀劈落馬下。

「宋憲，爾敢與某家一戰！」

如雷巨吼聲，在宋憲耳邊炸響。

宋憲現在哪裡還敢和人交鋒？伏在馬背上，他頭也不回，縱馬疾馳。身後幾十名親隨緊跟著，落荒而逃。

「曹朋，鄧稷……待我返回曲陽，必稟報君侯，到時候大軍逼進，看爾等還能猖狂到何時！」

宋憲一路縱馬疾馳，不停催馬急行。漸漸的，喊殺聲已聽不到了，追兵更被丟掉。可宋憲還是不敢停留，不停抽打戰馬，那戰馬一路長嘶狂奔而去。天將亮時，宋憲才勒住了戰馬。

回身清點部曲，宋憲不由得淚流滿面。

六千大軍，此時竟只剩下不足百人。可以說，這游水河畔一戰，他是全軍覆沒，全軍覆沒！這回去以後，又該如何向君侯交代？

「將軍，我們現在去哪兒？」親隨催馬上前，輕聲詢問。

宋憲強忍心中恐懼，故作鎮靜道：「我們先回曲陽，待我派人稟報君侯，請君侯發兵……到時候，我等馬踏海西，必雪今日之羞辱。」

至於到時候，他能不能成為主將？宋憲已經顧不得許多。

六千人損失殆盡，還賠上了他唯一的姪兒。宋憲此時此刻是又怒又恨，同時更生出畏懼之意。

畢竟也算得上身經百戰，宋憲經此一敗之後，也不得不正視海西縣。

一個小小的海西令，居然能想出水攻之計。而其麾下，竟藏著無數能人……早先的曹朋，還有如今的周倉，以及那個他並未正面交鋒的潘璋。彈丸之地的海西，藏龍臥虎，他又怎能不驚？

不過，越如此，就越是不能放任其存在。

海西已成為下邳的心腹之患！

宋憲心裡想著，該如何使呂布加強對海西的重視，不知不覺間，已來到了曲陽縣城城外。

晨光中，曲陽城門緊閉。那城頭上一面大纛，在風中獵獵。

看到曲陽的城牆，宋憲不由得長出一口氣……

章十 論戰

祖水，發於微山，流經彭城國、下邳國，至廣陵入游水後，匯入淮水。

曲陽，就位於祖水之畔。

從下相至海西，必經曲陽。

曲陽長名叫王模，樂安人，在徐州頗有威望，與盱眙人周逵齊名。呂布入徐州後，也招攬了不少本地名士，王模就是其中之一。任曲陽長三年以來，王模政績卓著，把最初不過兩萬多人的曲陽縣發展到三萬人，在徐州人口總體呈下降趨勢的今天，也算是不小的政績。

晨光中，曲陽顯得格外寧靜。

宋憲縱馬到曲陽城外，卻見城頭上冷冷清清，連個人影都沒有。

「城上可有人值守？」宋憲大聲問道。

片刻後，從箭樓垛口上探出一個人來，懶洋洋的問道：「縣長有命，今日曲陽不開城門……凡過往人員，請繞曲陽行。非縣長與宋將軍之命，任何人不得出入。你們快點走吧……」

宋憲不禁愕然，同時這心裡面，又有些開懷。

縣長，和宋將軍？那不就是在說我嗎？這王模倒是個有眼色的人，將來回轉下邳之後，定要向溫侯好生舉薦。

他大聲喝道：「某家就是宋憲。」

「你是宋將軍？」箭樓上的人明顯一愣，旋即哈哈大笑，「你若是宋將軍，那我就是呂溫侯了……哈哈哈，宋將軍昨日才離開，哪會是你這等模樣。」

宋憲的臉頓時通紅。

這傢伙可一點都不討喜……

「某家就是宋憲，有我虎符可以證明。速速稟報王縣長，就說軍情緊急，命他立刻打開城門。」說著，宋憲取出虎符，在手中搖晃了一下。

「真是宋將軍！」

城上小校不由得大吃一驚，連忙呼喊道：「城下速開城門，是宋將軍回來了。」

宋憲這懸著的心，頓時放回了肚子裡。不過想想，也真夠丟人！昨天自己是浩浩蕩蕩開拔，時隔一天，卻灰溜溜的回來。六千大軍，六千大軍啊……宋憲想起來，就覺得一陣心痛。

城門吱呀呀打開。

宋憲催馬就往城門行去，眼見就快到城門口的時候，忽聽城門洞裡有人喝道：「哪個是宋憲？」

誰這麼沒有禮貌，竟敢直呼我的名字？

宋憲勃然大怒，忙抬起頭向城門洞裡看去。只聽一陣馬蹄響，伴隨著若有若無的鈴鐺聲。一匹快馬自城門洞中衝出，馬上大將身穿百花錦緞子戰袍，外罩一件獅蠻寶甲，腰繫玉帶。

「宋憲，甘寧在此恭候多時。」

甘寧？那是什麼人？

宋憲有點懵了……

從未聽說過甘寧這個名字，還等我多時？

腦袋彷彿一下子開了竅似的，宋憲激靈靈打了個寒顫，忙摘下大槍，抬頭觀望。可即便如此，還是有點晚了。一匹白馬，在晨光照映下，如騰雲駕霧一樣，就衝到他跟前。

馬上一員大將，掌中一口大刀，來到宋憲面前，二話不說，拖刀從宋憲身旁抹過。

寒光一閃，血霧噴濺。

宋憲在剎那間，被來人一刀砍下了腦袋。首級掉落在地上，骨碌碌滾動不停。而馬背上的無頭死屍，鮮血從腔子裡汩汩噴出，瞬間便染紅了胯下的坐騎。不僅是宋憲沒有反應過來，包括宋憲的那些親隨，一個個也都傻在了城門口。究竟發生了什麼事情，怎麼宋將軍被人殺了？

照夜白衝出城門之後，希聿聿仰蹄長嘶，蹄下的鐵掌，在日光下閃閃放光。馬上的將軍，更是威風凜凜，殺氣騰騰。

叮鈴……

鈴鐺聲響起，那人橫刀立馬，立於城門樓下。

「宋憲已死，爾等還不棄械投降，更待何時！」

聲如巨雷，在蒼穹迴盪：宋憲已死，宋憲已死……

伴隨著這一聲如雷巨吼，只聽城門樓上傳來嗚咽長號聲。從城門兩邊，呼啦啦衝出兩百餘軍卒，手持大槍長矛，惡狠狠盯著那些扈從，將其團團包圍。與此同時，箭樓垛口後出現了一個少年將軍，七尺出頭的身高，身著一件大紅色襌衣，內著長袍，頭戴綸巾，腰繫玉帶，掌中一口大刀，臉上透著平靜之色。在他身後，還跟著兩個壯漢，兩人手中各執一桿大槍。

「我是海陵尉曹朋，今有逆賊宋憲犯境，特將其誅殺。三息之內，爾等放下兵器。三息之後，若還有手持兵器並於馬上之人，格殺勿論！」

他的聲音並不是很洪亮，甚至還帶著一絲少年稚氣。可是在這清晨裡，卻透著一股詭譎之氣。
話音剛落，就聽他身後大漢厲聲喝道：「一！」
喊聲未落，嗆啷一聲，一名扈從便丟了兵器，從馬上滾落在地，喊道：「我投降，我投降！」
有一個人領頭，就會有第二個人跟上，第三個……
轉眼間，宋憲那七十多名扈從紛紛下馬，丟掉手中兵器，匍匐在地，一動也不敢動。
跨坐照夜白的甘寧忍不住啐了一口唾沫，「娘的，一群沒卵子的貨色。」他抬起頭，向城樓看去，卻發現曹朋已經不見了蹤影。
站在城樓上的，是方才護衛曹朋的兩人之一。
他，叫做王旭。

曹朋在決定出兵馳援之後，第二天一早便率領八百海陵精兵，離開了海陵縣。為什麼是八百人呢？這裡面還包括了兩百臨時徵召的輜重兵，以及夏侯蘭之前徵召的一百名巡兵。
甘寧為前鋒，曹朋率三百人為中軍，王旭和翟冏領兩百人押運輜重。
就在快抵達淮水的時候，曹朋收到了鄧稷的第二封來信。第一封信，是在射陽時收到，內容很簡單，鄧稷請求曹朋立刻出兵援助；而第二封信的內容，卻使得曹朋吃驚不小……

鄧稷在信中說：海西無須馳援，宋憲不過烏合之眾。然則宋憲已取，呂布難敵。擊敗了宋憲，定會令呂布出兵征伐。海西真正的危險，不是宋憲這六千兵馬，而是呂布的第二次出兵。所以，鄧稷認為，若要保住海西一年以來的成果，絕不可使戰火在海西治下燃起，應該拒敵在海西以外……請曹朋率兵，連夜偷襲曲陽。

「這是何人所謀？」

「呃，小人臨出發時，鄧縣令命鄧芝先生為別部司馬。」胡班小心翼翼回答道：「而且，鄧縣令還把全縣兵馬，盡數託付於鄧芝先生，由他謀劃拒敵。」

鄧芝？

曹朋恍然大悟。他太瞭解自己的姐夫了，鄧稷並沒有這個魄力。

鄧稷本就不是一個長於軍事的人，包括曹朋在內，也非帥才。能想出拒敵於海西之外這等策略的人，一定是個膽大而有謀略之人。

鄧芝，果然來了！

不是每一個穿越者，都能成為軍事奇才。曹朋自己清楚，讓他想出些鬼點子，弄出些旁門左道還行，但真要是涉及到行軍打仗、運籌帷幄，可不是看兩本兵書就能夠做到。兵書戰策，只是教授戰爭的基礎。曹朋看過《司馬法》，讀過《孫子兵法》，甚至在前世還翻過幾章馮克勞維茨的《戰爭論》，但又能如何？他還是沒能成為軍事奇才，到頭來也只不過是一個小縣城裡的刑警。

也許，有人會說，經過系統學習之後，肯定能有所成就。

可問題是，曹朋前世也非軍校畢業。就算是從軍校裡出來，也不見得個個都能成為將軍……所以在重生之後，曹朋會盡量避免碰觸軍事上的事情。

練兵治兵，有王旭、郝昭；衝鋒陷陣，有甘寧、潘璋、夏侯蘭；出謀劃策，有闞澤便足夠了！他所要做的事情，就是用好這些人。

鄧芝的到來，對鄧稷、對海西而言，無疑有著巨大的補益。

這倒也不是說曹朋和鄧稷就一無是處，至少在治理地方、嚴明法紀方面，鄧芝比不得鄧稷；而在偵破案件、查詢真相、靈活多變方面，曹朋更強過鄧芝許多。只有所長，寸有所短，這種事情，還真不好說誰比誰更強，只能說，有些東西是天生的，非人人都可以做到。

歷朝歷代，讀過兵書戰策的人，不計其數，但名將也就是那麼幾人而已……有些事情，真的要講天賦。就這一點來說，曹朋即便是不服氣也不行。

「鄧伯苗要我攻取曲陽？」

「正是。」

曹朋馬上領會了鄧芝的意圖。

「胡班，你立刻趕赴海陵，讓步子山前往廣陵縣，向陳太守求援。就說呂布欲圖謀不軌，曹公早晚征伐，請他儘快出兵，只需屯兵淮陰足矣。我會連夜渡過淮水，配合鄧伯苗行動。」

胡班二話不說，立刻答應下來。

你陳登不是想坐山觀虎鬥嗎？這世上沒那麼容易的事情……我攻取曲陽，逼著你屯兵淮水。就算你不想出兵，也不可能！

淮陰，從治所而言，屬下邳國。但由於徐州政權更迭，淮陰地區從某種程度上，已經被廣陵控制。只要陳登屯兵淮陰一線，就可以迫使張遼在徐縣脫不開身，還能夠牽制住淮浦縣的兵馬。想必鄧芝這拒敵於域外的策略，也包含了這一層深意。

當晚，曹朋在淮浦以東、淮水下游的一處河灣，神不知鬼不覺的渡過了淮水。時值鄧芝截斷游水，使得游水下游的水流也格外徐緩，特別是在淮浦以北的河段，河水只沒過膝蓋。如此一來，曹朋更是不費吹灰之力，西渡游水之後，於九月初一凌晨，抵達曲陽縣城外。

宋憲剛率兵離去，王模更是沒有半點提防。

任誰都不會相信，宋憲六千大軍攻不下區區海西。

而且，曲陽距離游水也不算太遠，騎馬甚至不到一天的路程。此等情況下，王模又有何畏懼？

於是，在正午時分，曹朋命甘寧和夏侯蘭兩人，各帶五十精兵，分批混入城中。天黑之後，甘寧在城中舉火，引發了曲陽騷亂。王模得知以後，立刻帶人前去平息，於中途被夏侯蘭伏擊，斬殺於長街之上。

甘寧舉火之後，便立刻帶人搶奪城門。與此同時，曹朋自城外強攻，裡應外合之下，幾乎沒有費吹灰之力便攻占了曲陽。隨後，八百兵馬進駐曲陽，曹朋下令封閉城門。他不太清楚鄧芝是否能將宋憲一網打盡，所以也不敢掉以輕心，謹慎做好防備。

王模的前車之鑒，猶在眼前，曹朋又豈能重蹈覆轍？

「傳我命令，三軍不得擾民。同時開放府庫，將糧草分發於城中百姓。自即日起，曲陽夜禁，若無命令，任何人不得出入。」

宋憲的屍首被收攏妥當，還準備了一口薄棺。

曹朋倒是沒有為難宋憲的那些扈從，命他們把宋憲的屍首送往下相。

正午時分，鄧芝率潘璋、周倉和鄧範，領八百海西精兵，抵達曲陽城外。曹朋得知以後，親自迎出了曲陽。

「五哥！」

在曲陽城下，曹朋用力擁抱鄧範。而後又一一見過了周倉和潘璋兩人，這才來到鄧芝面前。

鄧芝，五官俊朗，相貌出眾。不同於鄧稷的文雅，鄧芝有一股英氣，頗令曹朋感到心折。

「鄧伯苗？」

「曹友學！」

兩人相見之後，幾乎是不約而同喚出對方的名字。

曹朋驚訝於鄧芝那種沉穩之氣，而鄧芝則有些驚訝曹朋的年紀。雖說他早就知道曹朋今年才十五歲，可是當鄧芝親眼見到曹朋的時候，還是感到很震驚。

「常聽內兄提起鄧伯苗之名，今日一見，果然名不虛傳。」曹朋看著鄧芝，拱手笑道：「水淹三口灘，六千賊兵瞬間煙消雲散，大兄之謀果然了得，小弟佩服之至。」

鄧芝也笑道：「友學詭謀，我亦久聞。今日一見，果然少年英雄。」

兩人相視，不約而同大笑起來。

旋即，曹朋拉著鄧芝的手，一起走進曲陽縣城之中。

縣城裡，早已經安排好了營房，八百海西兵馬隨即進駐校場。

曹朋與鄧芝等人，高坐於衙廳裡。甘寧、夏侯蘭、王旭在左邊，周倉、潘璋和鄧範則坐在右邊。

待雙方落坐之後，鄧芝輕輕咳嗽一聲：「今日大破宋憲，非我之功，實宋憲無能。不過，宋憲雖敗，呂布定不會善罷甘休。不出幾日，那呂布必會在此發兵，到時候定有一場惡戰……友學，你官拜海陵尉，又兼廣陵東部督郵曹掾事，對接下來的戰事，可有籌謀？」

一席話，引得廳上眾人齊刷刷的將目光凝聚在曹朋身上。

聽上去，鄧芝是在詢問曹朋應對之策，可是在這句話的背後，還隱藏著更深層的含義：你能不能對付呂布？不能的話，就讓我來！

衙廳上一共八個人，曹朋的地位最高。

鄧芝話裡有話，想要得到曲陽之戰的指揮權。

只不過，他也不敢明目張膽的奪權。因為在座的這些人，除了周倉之外，餘下五人全都是曹朋部曲。就包括周倉在內，也是和曹朋有著千絲萬縷的關係，絕不是鄧芝隨隨便便就能控制。

周倉六人，除了鄧範之外，哪個不是老油子？他們又怎可能聽不出鄧芝這番話裡所隱藏的內容？一時間，臉色唰的都變了！即便鄧芝昨夜水淹宋憲，展現出了足夠的能力，可在周倉等人的眼中，曹朋才是真正的主導者……

甘寧哼了一聲，朗目微合，眸光閃閃。

周倉、潘璋、夏侯蘭三人，更是陰沉下臉來，怒視鄧芝。

王旭相對好一些，但也覺得鄧芝有些過於狂妄。在座之人，哪個不比你鄧芝的資歷老？就算你小有戰績，也不應該這麼赤裸裸的奪權。畢竟，你只是一個別部司馬，而非是一軍主將。

鄧範有些後知後覺，但也覺察到了不妙。他連忙向曹朋看過去，那意思分明是在問：阿福，這究竟是怎麼一回事？

看到這一幕，鄧芝的心不由得一冷。原以為自己昨夜運籌帷幄，不費吹灰之力將六千大軍摧毀，可以獲得眾人的認可，而現在看來，自己有些過於樂觀。他並不是對曹朋有什麼意見，而是站在他的位子上，他輔佐的不是曹朋，而是鄧稷。但在海西，曹朋隱隱有壓制鄧稷的勢頭。哪怕曹朋和鄧稷是一家人，鄧芝還是希望能夠以鄧姓族人為主導，而不是曹姓。

這裡面，又摻雜了一個宗族觀念。

鄧芝和鄧稷是同宗，自然希望鄧稷占居上風，只是沒有想到……

曹朋呵呵笑了，搖了搖頭，「大兄，實不相瞞，我沒有對策。」

「啊？」

周倉等人同時發出一聲輕呼，向曹朋看去。他們不太明白曹朋為什麼要向鄧芝低頭……對，就是低頭！曹朋這句話，就是向鄧芝服軟。

曹朋道：「運籌帷幄，我不如伯苗；衝鋒陷陣，我也不如興霸與文珪。今呂布興兵在即，大家當同舟共濟才是。如何退敵？我實無主意，還請大兄能夠予以賜教。」

說罷，曹朋起身，深施一揖。

看似緊張的氣氛，隨著曹朋這一揖，頓時被化解得煙消雲散。

甘寧臉上露出笑容：看到沒有，這才是身為上位者應該具有的胸襟和氣質。

曹朋這一番話，也算是巧妙的回答了鄧芝的挑釁，同時還存了鄧芝的臉面。鄧芝只覺得臉微微發燙，低下頭，不知道該如何是好。

歷史上的鄧芝，的確是一個牛人。但此時的鄧芝，不過二十出頭，雖有才能，卻沒有經歷過歷史上原本屬於他的那些磨練，不免有些傲慢。

他猶豫一下，輕聲道：「呂布帳下能統軍者，不過八健將。」

哪怕是剛才丟了臉面，鄧芝也必須開口。否則，那顏面會丟得更大。

「八健將者，郝萌、成廉早已不在人世，今又少了宋憲，故呂布帳下，能領軍者不過五人。」

「張遼和臧霸，可以拋開。」曹朋開口補充。

「哦？」

「張遼此前因反對呂布出兵，而惡了呂布，被發配徐縣。我已命人前往廣陵，請陳太守屯兵淮陰，故而張遼絕不敢輕舉妄動，勢必會在淮水北岸陳兵，以禦陳登，分不得身出來……至於臧霸，我聽人說他去歲末惡了呂布，如今和呂布關係緊張，加之他屯兵泰山，可阻北方之敵，所以一時半會兒，呂布也不可能派他過來。」

「故而，八健將只餘其三……其中最有可能統軍者，乃曹性。此人有勇有謀，雖為八健將之末，但若以才能，絕不會遜色他人。」

要說起對呂布的瞭解，鄧芝還真比不得曹朋。

「如此說，曹性最有可能出兵？」

「曹性屯兵下相，距離曲陽最近，他領軍的可能性最大；不過，除八健將之外，我還懼一人。」

「誰？」

「高順，高德循。」

鄧芝愕然問道：「高順？何人？」

曹朋笑道：「高順非八健將，然則若以才幹論，此人只遜色於張遼與臧霸。呂布麾下有一營，名為陷陣，堪稱攻無不克，戰無不勝，悍勇異常。高順，官拜中郎將，也是陷陣主帥。但由於此人性情耿直，所以不為呂布所喜。唯臨戰時，高順才得以指揮陷陣，其餘時間，陷陣乃魏續部曲。此人之能，非同小可……恐怕不會遜色於麴義的先登營。」

先登？

夏侯蘭臉色一變。這裡面，瞭解先登厲害的人，唯有他一個。想當初，他所在的白馬義從，正是被先登所敗，故而不得不遠離故土，投奔到曹操的部下。以至於時至今天，他回想起當日和先登營交鋒的情況，仍會感到不寒而慄。

陷陣，不遜色於先登嗎？他向曹朋看去，眼中帶著詢問之意。

曹朋猶豫了一下，輕輕點頭。

鄧芝有點懵了！原以為半年時間，自己對呂布已經非常瞭解，可現在看來……

曹朋說：「如今曲陽，有兵馬千五。若曹性領兵，雖萬人我等也可憑堅城一戰。可若是陷陣，雖只八百，尤勝萬人。不過，我估計呂布不會讓高順前來，所以曹性的可能性是最大。」

「曹性……」鄧芝陷入沉思。

「下相兵馬，約有八千，曹性很有可能傾巢而出。但除了他麾下八千兵馬之外，恐怕不會再有其他兵馬。此前宋憲損兵六千，已使得呂布元氣大傷。若讓他再從下邳增兵，他也未必答應……大體情況，應該就是這樣，伯苗計將安出？」

鄧芝抬起頭，沉聲回道：「若如此，堪可一戰。」

「如何戰？」甘寧問道。

鄧芝想了一想，說：「呂布出兵海西，所為者就是海西那百萬斛糧草。由此可見，下邳糧草並不充裕。兵法有云：馳車千駟，革車千乘，帶甲十萬，千里饋糧，則內外之費，賓客之用，膠漆之材，車甲之奉，日費千金。八千兵馬，日費百貫，食粟千斛，非同小可。所以曲陽之戰，若取勝唯一個『拖』

字……此戰時間越久，下邳所承受的壓力也將越大。」

「我有一策，可令曹性無功而返。曲陽如今兵馬千五，若是徵召人馬，可湊足兩千。友學可分兵而戰，命一人領步騎五百，駐紮城外，餘者堅守曲陽。如此一來，曹性攻曲陽，城外步騎可自背後突襲；若曹性攻城外，則城內可以突擊。時間一久，下邳糧草就會出現緊張，到時候呂布兵馬將不攻自破。」

這個計策，怎麼聽上去如此耳熟？

曹朋愣了一下，旋即便想起來，曹操攻伐下邳時，陳宮也曾獻出此計，然則呂布沒有同意。而今，呂布攻曲陽，鄧芝獻出了同樣的計策……

曹朋想了想，問道：「伯苗，那你以為，誰統步騎，誰鎮曲陽？」

「這個……」鄧芝透出猶豫之色。

曹朋說：「大兄，你但說無妨。」

「曲陽，根本也，需有主將坐鎮，以穩定軍心。」

那言下之意就是告訴曹朋：這曲陽，非你坐鎮不可……

之所以猶豫，是因為鄧芝很清楚。一旦交鋒，曲陽所面臨的壓力很大，主將隨時可能有陣亡之危險。

「那誰可統帥步騎？」

「首先，步騎主將，需一能征善戰，勇武過人者統帥；其次，還需有一人協助，以決定何時出擊，何時撤退。」

潘璋冷聲道：「如此，伯苗定是那協助之人。」

鄧芝的臉，騰地一下紅透了，低著頭，卻不知道該如何解釋。

如果他是主將，自可以輕鬆安排，沒有人會反駁。這也是鄧芝一坐下，就要奪權的另一個原因。可現在……這怎麼聽上去，都會讓人覺得他是在推卸。

曹朋笑了，「伯苗有機變之能，興霸也是我等眾人裡最為悍勇者。這城外步騎，就交由你二人統領，餘者隨我出鎮曲陽，諸公以為如何？」

「那不行！」甘寧長身而起，大聲道：「出征之前，黃小姐曾千叮嚀萬囑咐，令末將保護公子周詳。大戰一啟，曲陽必然苦戰，萬一公子出了意外，我回去如何向小姐交代？公子，我願留守曲陽。」

潘璋看了甘寧一眼，沒有出聲。說實話，他不太贊同曹朋剛才那一句話。

甘寧是這些人當中最悍勇之人？那老子又算什麼！

他沒有領教過甘寧的手段，所以也不清楚甘寧有多麼厲害。可是，曹朋心裡卻很清楚。如果說潘璋是一流武將的話，那麼甘寧絕對是武力值過九十五的超一流猛將。兩個人明顯不在同一個等級上，基本也沒有什麼可比性。

對於甘寧的維護，曹朋很開心。

不過，他站起身來，走到甘寧身旁，「興霸，我知道你是一片好意。可是，請相信我，我也不是那手無縛雞之力的無能之輩。你統帥步騎，與我遙相呼應，就是對我最好的維護。你在城外打得越狠，我就越安全。此事我已決斷，無須再討論。不過，除了在城外襲擾之外，我還有一件事，要託付於興霸。」

甘寧猶豫了一下，「但請公子吩咐。」

「保護好鄧先生。」

「啊？」鄧芝抬起頭，愕然向曹朋看去。

曹朋說：「伯苗有大才，可助你一臂之力。你出城之後，當多聽伯苗意見，切不可貿然行事。無論曲陽多麼緊張，你只需要在城外等待……等待合適的機會才可以出擊，絕不能冒險。」

說完，曹朋轉過身，又拉住了鄧芝的手。

「伯苗，你與興霸在城外，也要多加小心。」他沉吟了一下，輕聲道：「如若曲陽不可救，也無須強救。發現戰況不妙，你們就立刻撤離曲陽，回轉海西……我估計，曹公早晚興兵征伐，到時候你們可留有用之身，為我報仇就是。總之，出城以後，你們都要自己保重。」

鄧芝心情激盪，久久說不出話來。

怪不得海西諸將皆以曹友學為主……並不是鄧稷無能，實在是曹朋的氣度遠非鄧稷可以相比。

也許日後，棘陽鄧氏注定了要在曹姓之下。不過，有這樣一個人，就算依附又有何妨？

「友學，你也多保重！」鄧芝說罷，一揖到地。

他雖然未說什麼道歉的言語，可是這一揖，卻已經包含了一切。

曹朋笑了！眼睛成了一輪彎月，臉頰還顯出淺淺酒窩。

身為穿越眾，對時局的把握能力，使得他可以鳥瞰這個時代。這與才能無關，而是一種先知先覺。曹操遲早會出兵，一俟曹操出兵，曲陽自然化險為夷。呂布可以不接受陳宮的計策，並不是說陳宮的計策不好，事實上，曹朋倒是能夠理解呂布為什麼不肯接受陳宮之計。

還記得郝萌嗎？想當初郝萌造反，被呂布平定。呂布後來曾詢問曹性，郝萌為何謀反？

曹性的回答是：「受袁術謀。」

「謀者悉誰？」

你知道誰參與了這場陰謀？

曹性坦言：「陳宮同謀。」

時，陳宮就坐在一旁，面紅耳赤。呂布後來以陳宮是身邊倚重之人，所以沒有再問下去。

史書裡用『不問也』三個字來代替。可不問，不代表呂布對陳宮沒有看法！尼瑪，若是曹朋坐在呂布的位子上，也絕不可能採用陳宮的計策。尼瑪，有前科！這種事情，傷不起……

呂布不肯用分兵之計，不代表曹朋不用。

事實上，曹朋認為，鄧芝所獻的計策，就目前而言，是最好的應敵之計。

曹性不同於宋憲，此人沉穩，有法度。普通的計謀對曹性而言，恐怕很難產生作用。

分兵，是陽謀！

我明知道你糧草不足，就是拖著你，消耗你的糧草，讓你到最後想不退兵都不可以……

曹朋一手拉著鄧芝，一手拉著甘寧。他看著衙廳上的眾人笑道：「我有諸君，曹性何懼？張遼何懼？呂布何懼？還望諸君，同心協力。」

甘寧、周倉、鄧芝、潘璋、夏侯蘭、鄧範和王旭，七人齊刷刷躬身行禮。

「敢不為公子效死命！」

章十一　好個下馬威

下邳，溫侯府。

隨著匡噹一聲巨響，衙堂外的衛兵不由得打了個哆嗦，偷偷摸摸朝衙堂的方向張望。

呂布面沉似水，手持寶劍。一張黑漆楠木長案，一分為二倒在地上，書簡散落一地。

「宋憲無能，竟使六千兵馬，全軍覆沒！」

呂布厲聲喝道，臉上殺氣凜冽。周身透出一股濃濃的殺意，令衙堂上眾人一個個噤若寒蟬。

魏續、侯成向陳宮看去，就見陳宮同樣是一臉陰沉。

「來人，與我備馬，某家誓要踏平海西！」

「溫侯且慢。」

陳宮連忙喝止，並站起身來，從地上撿起一幅白絹。撣去了上面的灰塵，他又認認真真閱讀一遍白絹上的內容，一雙濃眉緊鎖，幾乎扭在了一處。半晌後，他苦笑著發出一聲長嘆。

「溫侯不可妄動。」

「公台，你這是何意？」

「海西不費吹灰之力，便使子遠全軍覆沒。非子遠無能，而是我等小覷了那鄧叔孫……鄧稷，孤狼也。至海西，隱忍至今，不露其形。僅一年，海西已非昔日可比。而宮卻未曾覺察其勢已成，以至於今日之敗，望君侯恕罪。」說罷，陳宮一揖到地。

呂布眉頭一蹙，「公台，此與你無關，何必攬過？」

「非宮攬過，實宮之視察。宮為下邳別駕，卻坐視海西壯大如斯。只看鄧叔孫之手段，便知他帳下必有能人。君侯乃徐州之主，不可輕動。若君侯勝，勝之不武；若君侯敗，則必士氣低落。海西若沒有顯露崢嶸，或許還值得顧慮。但他們現在……無須君侯出馬，只需遣一大將，便可馬踏海西。宮願為輔，不取海西，誓不收兵，請君侯予宮恕罪之機……」

陳宮，又是一揖，情真意切。

呂布心中雖有些不快，卻沒有怪罪陳宮。

什麼叫『君侯若敗』？

區區海西，還不是如探囊取物一般容易？

只是，去年呂布在海西的遭遇，又使得他不得不謹慎一些。臧霸拒呂布於奉高城之外，令呂布無功而返。雖說後來臧霸遣人向呂布低頭認罪，可是對呂布的聲譽，卻沒辦法挽回。

陳宮雖不是統兵之才，可是若他為輔佐，倒是可以十拿九穩。

對於陳宮，呂布如今也是又愛又恨。郝萌造反之前，他對陳宮是言聽計從；可是出了郝萌這一檔子事之後，呂布又如何能信他？可不信他又不行，很多時候，他還需要陳宮的輔佐。

也就是懷著這種很複雜的心情，呂布對陳宮，既倚重，又敬而遠之。

「公台以為，何人為將？」

魏續和侯成幾乎是同時挺直了腰板，那意思是告訴陳宮：選我，快點選我吧……

「若是為將，首推文遠。」

「張遼嗎？」呂布搖搖頭道：「恐怕不行啊……」

他嘆了口氣，「昨日傳來消息，陳元龍自廣陵兵發五千，屯駐淮陰。」

陳宮冷笑一聲，「區區陳元龍何須顧慮？那陳元龍家在廣陵，怎可能擅自興兵？依我看，他不過是虛張聲勢罷了，文遠即便是過了淮水，攻占了盱眙東陽，那陳登也只能向後撤退。」

「不盡然吧，海西畢竟是陳登治下，他若是不聞不問，豈不是寒了部下的心？」

「可是……」

「公台，文遠不可調離徐縣，還是另選一人為將。」

陳宮不由得苦笑：文遠，你說我公私不分。可溫侯何嘗又公私分明了？他，這是對你心存顧慮啊！說實話，征伐海西最合適的主將，便是張遼。可呂布又不肯用張遼，陳宮也只好另選他人。

「若文遠不能分身，可使曹性為將。」

呂布想了想，「叔龍沉穩有度，用兵頗有法紀。他若為將，倒也是最合適的人選……那就讓叔龍領本部人馬，復奪曲陽。」

「喏！」陳宮插手應命，大步走出衙堂。

魏續忍不住說：「君侯，叔龍恐怕不合適吧。」

呂布一蹙眉，「叔龍怎就不合適了？」

魏續說：「此前叔龍與那海西曹家小子往來甚密。他二人都是曹姓，難免會有勾連……萬一叔龍不肯盡力，就算是陳公台督戰，恐怕也沒有用處。要我說，還是讓親近之人為將的好。」

呂布猶豫了！

他對曹性很信任，可魏續說的，似乎也有道理。雖說曹性對他是忠心耿耿，可是這年月，誰又能說是真的忠誠？畫龍畫虎難畫骨，知人知面不知心……

「如此，就令子善督戰，如何？」

「這個……」

魏續和侯成頓時面面相覷。

子善，就是呂布那胡兒假子呂吉，本名韃虺吉。他二人的本意，是想要掛帥為將，因為在他二人看來，有陳宮為輔，海西唾手可得。魏續是呂布的親戚，而侯成更是追隨呂布的元老，所以他們提出了『親近之人』的概念，是希望呂布點他二人為將。哪知道，呂布卻想起了呂吉。

這是不是說，在呂布的心中，他二人根本算不得『親近之人』？

侯成和魏續都不是那種心胸寬廣之人，一時間，這心裡面不禁產生了恨意，對呂布生出不滿。只不過，當著呂布的面，他二人又不敢發作。

呂布的選擇也沒錯，呂吉不管怎麼說，是他名義上的兒子。魏續和侯成怎麼都比不得這父子親情。

「子善若去，倒也合適。」魏續黑著臉回答。

「那就任子善為軍司馬，明日一早，隨公台前往下相。」呂布說完，轉身便走。

至於那白絹上，曹性問他該如何安置宋憲屍首的問題，呂布並沒有理睬。他生在五原，毗鄰胡人棲息之所，這性子裡難免沾染一些胡人的習氣……死了就死了，安葬就是，又何必專門做出安排？

可是在魏續和侯成眼中，呂布這種作為，不免有些涼薄。

章十一 好個下馬威

兩人搖搖頭，相視無語。

呂布返回內宅，將身上的衣甲卸下。

剛坐下來，準備喝上一杯，就聽屋外一陣腳步聲傳來。很細碎，一聽就知道不是男兒的腳步聲。他剛抬起頭，就聽門外有人叫嚷道：「阿爹，你為何還要打海西？」

呂藍一身大紅色衣裙，猶如一團火焰般，衝進了房間。

呂布眉頭一蹙，「女孩子家，休得理這些事情。」

「可是，阿福是我的朋友，我又怎能不管？一開始就是阿爹你霸道，非要去打海西……結果被人家打敗了，卻又不甘心。若真是缺糧，女兒可以去海西相求，想來他們也不會拒絕。」

「住嘴！」呂布勃然大怒，厲聲喝道：「誰是妳的朋友？妳整日拋頭露面，哪裡像個女孩子？玲綺，我以前太驕縱妳了，以至於妳現在如此沒有規矩。行軍打仗的事情，妳又懂得什麼？借糧？某乃徐州之主，他海西本就是我治下，何須相借？他如果懂事，自當將糧草奉上。」

「阿爹……」

「給我滾出去！」

呂布本就有些心煩意亂，哪聽得進去勸說。

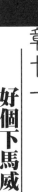

「從今天開始，不許妳邁出府門一步。早晚妳要嫁人，總舞槍弄刀，成何體統？有空的話，隨妳小娘學學琴，練練女紅。以後若是再敢胡言亂語，休怪我立刻把妳送去壽春成婚……」

呂藍的眼中，淚光閃閃。她看著呂布，半晌後一頓足，「再也不睬你，你不是我阿爹！」

「玲綺……」

呂藍不等呂布說完，扭頭就一路小跑走了。

呂布閉上眼睛，只覺得這太陽穴，是突突突跳個不停。

這孩子，著實不讓人省心。人常言：女生向外。果然不假……居然不幫著我，卻要替那海西說話！

一想到海西，呂布就氣不打一處來。

「來人，傳我命令，任何人不得放小姐出府，否則就以軍法論處。」

他說完，嘆了口氣，頹然在榻上坐下。

想他呂布，一世英雄！胯下赤兔馬，掌中畫杆戟，縱橫天下，無人可以爭鋒。從漠北殺到了洛陽，從洛陽殺到了長安，又從長安殺到兗州，最後在徐州安身。這其中，經歷過多少磨難？誰又能夠知曉！

當年，他一心求功名，不惜先後為人假子，拜丁原和董卓為義父，而後殺之，為的是什麼？

不就是『功名』二字！

可現在，他獨鎮一方，也是當今諸侯之一，卻沒有了當年的豪勇，更少了許多快意和爽利……

好個下馬威

中原雖大，雖富庶，雖安逸，但好像囚籠，令呂布感到壓抑，感到頹然，感到力不從心。

慢慢走出房間，呂布坐在門廊上。

他仰望蒼穹，雖說碧空如洗，一望無際，卻總覺得這中原的天空，比不得漠北那般爽意……

建安三年九月初四，占領曲陽，已有三天。

曲陽的百姓，並沒有流露出太多的驚慌失措，一切似乎都顯得非常平靜。

只是，在這平靜之中，卻有隱隱有一種莫名的壓抑情緒，總讓人心裡面，感覺著有些沉重。

曲陽的府庫已經清查完畢，曹朋正帶領眾人巡查曲陽城防。總體而言，曲陽的城防不差，王模之前也在這方面下了一些心思。城高六丈，箭樓夯實厚重。據本地里長介紹，每年冬季王模都會加固城牆，也使得曲陽變得格外堅固。如果當時不是出其不意、裡應外合的話，曹朋也無法攻破曲陽城。

「公子，曲陽府庫中，尚存有二十臺拋石機，當如何安置？」

「東西兩門，各置十臺……記住，拋石機必須要安排在隱秘處，並設有帷帳保護。對了，府庫中的箭矢，可曾清查完畢？大約有多少箭矢？」

「約八萬枝箭矢。」

「分發東西城門……」

一行人一邊說，一邊循著箭樓馳道而行，不知不覺，就來到了曲陽西城門的箭樓之上。曹朋站在箭樓上，手扶垛口，舉目向遠處眺望。

但見曲陽城外，平原一望無垠。這種地勢，想要伏擊也確實很難……

曹朋深吸一口氣，努力使自己保持住心態的平靜。

重生於這個時代已兩載，可是這種面對面的大戰卻還是第一次經歷。前世在電視上，看到那些戰爭的場面，總覺得有些虛假，而今他將身臨其境，也不免感到了一點點緊張。

這，可是他的初戰！

用力吐出胸中的濁氣，曹朋回身道：「文珪，五哥。」

「末將在。」

「你二人負責守住東門，領五百兵卒。我與周叔父守西門，也領五百兵卒……子幽領五百人在城中巡視，負責維持安寧，還要隨時支援東西兩城門。此外，子幽還有一個任務，那就是盡力鼓動城中百姓參與城防。你告訴他們，凡參戰者，一人一天可得兩升糧米；若戰死，舉家可遷至海西，獲良田五十畝，得糧米二十斛。總之，你們要盡量徵召人手，並於西校場內由王旭負責操演，隨時候命。」

夏侯蘭等人聽聞，紛紛躬身應命，而後急匆匆走下城頭。

曹朋則依舊在城門樓上，舉目眺望。

「叔父。」

「嗯？」

「也不知道興霸和伯苗，是否已隱藏妥當？」

「想來已藏好……伯苗有急智，而興霸悍勇，等閒人不可敵之。有他二人在，當足以牽制敵軍。」

「也不清楚此次呂布會派什麼人領軍。」

周倉呵呵笑了，拍了拍曹朋的肩膀，「阿福，去歇息一會兒吧。這三天，你幾乎沒怎麼闔過眼！若沒有好精神，又如何退敵呢？」

曹朋點了點頭，「也好，那我就在門樓裡睡一會兒。叔父你幫我在這裡盯好，一應輜重務必要在今天準備妥當。我估計呂布兵馬就在這一兩日到。」

「好！」周倉點點頭，催著曹朋下去休息。

其實，在這等情況之下，曹朋又怎可能睡得安穩？

不過為了穩定軍心，他還是故作無事一樣，進了箭樓門廳，在一張床榻上和衣而臥。閉上眼睛，只覺得耳根子嗡嗡直響，腦袋裡好像成了一鍋粥似的，各種思緒更是此起彼伏……誰說上了戰場，就熱血沸騰？曹朋此時此刻，更多的是緊張，甚至還有一絲絲的畏懼。

操，也不知道這一戰，究竟會打成什麼樣子！

也許是真的累了。

城樓上嘈雜聲一直沒有停止，人聲鼎沸，呼喊聲不絕。可卻沒能阻止曹朋進入夢鄉……

睡夢中，他彷彿回到前世。頂著炎炎烈日，行走於都市之中，卻顯得茫然無措。

「曹賊，看你還往哪裡走！」

耳邊忽響起一聲呼喝，世界在一剎那間彷彿凝固住一樣。抬頭看去，只見呂布立於高樓之上，渾身浴血。他手持方天畫戟，胯下赤兔嘶風獸，竟從那百米高樓之上一躍而下。

「我贈你兵馬，你卻見死不救！」

說話間，呂布已到了跟前。只是沒等曹朋反應過來，赤兔嘶風獸和呂布一起不見了蹤影。

貂蟬一襲薄薄輕紗，遮掩曼妙胴體。

「友學，救我……」

她朝著曹朋伸出手，曹朋剛要去抓，卻見一紅臉大漢驟然出現在貂蟬身後，手中一口明晃晃大刀。

「賤人，拿命來！」

「不要啊！」

曹朋大叫一聲，驀地從夢中驚醒。額頭上，冷汗淋淋，衣衫已經濕透。

十一章 好個下馬威

他坐在床榻上，大口的喘著粗氣。閉上眼睛，腦袋裡仍舊是亂哄哄的，好像鍋碗瓢盆一起響，吵得他幾近瘋狂。

隨著曹朋急促的叫嚷聲，從門廳外跑進來一名小校。

「拿水來，拿水來！」

這小校，正是海陵精兵的屯將，翟冏翟彥明。曹朋入主海陵之後，見翟冏身手不錯，所以讓他到了自己身邊。他捧著一碗水，緊張的看著曹朋，卻不知道該如何詢問。曹朋長出一口氣，接過了水碗之後，咕咚咕咚一口氣喝了個乾乾淨淨，躁亂的心情似乎平息許多。

「彥明，什麼時辰了？」

「將近人定。」

人定，也就是亥時，差不多是晚上九點到十一點之間。

屋子裡，燭火有些昏暗，顯然是害怕吵醒了曹朋。

「這麼晚了？」

「是，周縣尉不讓打攪您，說是讓公子多睡一會兒。」

「周縣尉呢？」

「剛才在府庫中發現了兩萬枝箭矢，周縣尉通知潘縣尉，帶著人在府庫中分發，很快就回來。」

「沒出什麼事兒吧?」

「一切正常。」

曹朋點點頭,擺手示意翟冏退出房間。

他把水碗放在身旁,坐在床榻上,努力讓自己平靜下來。他也說不清楚自己為什麼會做那麼一個古怪的夢,但他知道,那夢境裡的事情很有可能發生。歷史上,對於貂蟬的結局,眾說紛紜,但大體上也就是那麼幾種:一,貂蟬為呂布殉情;二,貂蟬被曹操收下;三,貂蟬被關羽收下;四,關羽爽過之後,認為貂蟬有礙他生命,逼死了貂蟬;五,貂蟬隱居。

這五種結局,都有可能發生。

但據曹朋的瞭解,至少在《三國演義》裡,白門樓呂布被殺之後,就再也沒有提及貂蟬的事情。

究竟是哪一個結局?曹朋也無法分辨清楚……

但根據後世許多種說法,第三種、第四種最有可能。

美女,英雄!

不過,如果貂蟬被關羽收了,那麼就應該在三國後期出現;可是,關羽被殺之後,貂蟬蹤跡全無。

而以關羽好名如斯的性情,曹朋也不敢保證他會收下貂蟬。畢竟在民國之前,貂蟬的聲譽似乎並不是特別好。被曹操爽?還是被關羽爽?抑或者隱居,抑或者是殉情?

恩。

曹朋覺得，不管是哪一個結局，都不夠完美。

貂蟬這樣的奇女子，理應有一個美好的結局……而且，貂蟬與曹朋有救命之恩，後來還有提攜之恩。兩個恩情加在一起，如果不能夠報答，曹朋實在是……可是，怎麼才能救貂蟬？

曹朋輕輕拍打額頭，陷入苦惱之中。

就在這時，忽聽門廳外一陣騷亂嘈雜之聲。

「何故喧譁？」

曹朋站起身來，邁步往外走。可沒等他走出門廳，就見翟冏領著一個小校，跌跌撞撞闖了進來。

「公子，大事不好，大事不好！」

「何故驚慌？」

那小校嚥了口唾沫，結結巴巴道：「呂布命曹性引兵前來，所部人馬已至曲陽三十里外。」

來得好快啊！

曹朋激靈靈打了個寒顫，一把攫住小校的手臂，「可知道，有多少人馬？」

「下相八千兵馬，傾巢而出。」

「可是曹性為將？」

「正是！」

曹朋倒吸一口涼氣，快步衝出門廳。

周倉也得到消息，和潘璋匆匆登上門樓。

「公子，呂布來了！」

「我聽說了。」曹朋努力讓自己保持平靜，微微一笑，「不過是下相兵馬，僅止八千而已。鄧伯苗一場大水幹掉了他六千人，如今八千兵馬也算不得什麼。對了，除了曹性之外，還有什麼人過來？」

小校連忙回答：「徐州別駕陳宮為軍師，隨軍出征。」

「陳宮啊……你是說陳公台？」曹朋一開始還在微笑，可眨眼間，就變了臉色。

「正是！」

曹朋心裡不由得咯登一下，連忙快步走上門樓。他站在箭樓垛口上，舉目向遠處眺望。只見黑茫茫平原上，看不到半點鬼影，寂靜得如同墳地一樣，令人心中陡生畏懼之意。

陳宮，來了？

曹朋之前，可說是千算萬算，偏偏沒有算到陳宮會隨軍出征。他甚至算上了張遼，算上了高順，唯獨沒有想起陳宮這個人。在他看來，陳宮是呂布身邊的謀主，不可能輕易離開下邳。沒想到……

「傳我命令，全城戒嚴。潘璋，你立刻返回東門，與鄧範小心防範。陳宮此人，詭計多端，絕不可以掉以輕心。」

「喏！」潘璋插手，躬身應命。

待潘璋離去之後，周倉站在曹朋身邊，輕聲問道：「阿福，可是出了什麼岔子？」

松油火把上的火焰跳動，照映在曹朋的臉上。雖然看上去，曹朋很平靜，但卻隱隱勾勒出一抹陰霾。和曹朋接觸也有一年多了，對於曹朋的性子，周倉也多多少少有些瞭解。

在周倉眼裡，曹朋有一點喜怒不形於色，即便是遇到再危險的事情，他也很少流露慌亂。無論是當初剿殺雷緒，還是後來平定海賊，周倉從沒有見過曹朋手足失措。而在剛才，雖然曹朋竭力的掩飾過去，但還是慌亂了那麼一下。從曹朋的眼睛裡，周倉捕捉到了……

看兩邊沒有人，曹朋點了點頭。

「我沒有想到，陳宮會過來。」

「那陳宮，很厲害嗎？」

周倉一直縮在海西，而且一直忙於屯田和水軍，所以對陳宮的事情並不瞭解。他聽說過陳宮的名字，但並不知道陳宮的底細。這也符合他的作風，和他不相關的事，從不會關心。

「此人，是呂布的謀主。」

曹朋握緊拳頭，蓬的一聲，擂在垛口上。

「呂布之所以能坐鎮徐州，全賴此人出謀劃策。他原本是曹公手下謀主，也是迎曹公入兗州的第一功臣，可後來不知為何與曹公反目。興平元年，曹公興兵為太公報仇，就是這陳宮聯合呂布在兗州作亂，險些把曹公趕出兗州。」

周倉不由得倒吸一口涼氣，臉上隨即露出凝重之色。

「伯苗之前定以『拖』字之策，是在沒有把陳宮算計進來的前提之下。若陳宮來了，我很擔心伯苗的分兵之計能否實現。那陳宮不是莽夫，謀略過人，伯苗與之相比，怕嫩了些。」

「那咱們立刻召回伯苗？」

「來不及了！」曹朋用力呼出一口濁氣，苦笑道：「曹性和陳宮，已至曲陽三十里外。估計子夜時分即可兵臨城下。我倒是不擔心其他，只害怕伯苗和興霸見計策不成，會生出莽撞的行為……不管陳宮是否上當，他二人留在城外，始終能對陳宮產生一絲威脅。可如果他們一衝動……」

曹朋沒有說，衝動的結果會怎樣。但所有的一切，盡在不言之中。

「那咱們怎麼辦？」

曹朋沉吟片刻，突然高聲喝道：「三軍聽令，全城夜禁，不得透出半點燈火。兒郎們藏身城後，所有人口中銜枚，不得發出半點聲息。若有人膽敢出聲，就地格殺，絕不容情！」

「三軍戒備，全城夜禁。」

章十一　好個下馬威

「口銜枚，三軍噤聲……」

一連串的命令傳遞出去之後，站在城樓上往城裡看，只見整個曲陽在瞬間陷入漆黑之中。

城頭的火把燈籠，也全部取下來，熄滅……

整個曲陽，在瞬間好像變成了一座死城，冷冷清清，鴉雀無聲，直讓人感到一陣莫名的恐懼。

曹朋依舊站在城垛口上，周倉立於他身邊。他把河一雙刀一分為二，長刀遞給了周倉，自己則執八尺短刀。深吸氣，輕呼氣，曹朋閉上眼睛。

時間，在一點點的流逝。一個時辰，很快就過去了……

遠處的黑色莽原中，出現了星星點點的火光。那火光越來越多，漸漸匯聚成了一條條在莽原中遊走的火龍。遠遠看去，聲勢極為駭人……

周倉碰了一下曹朋，做出一個手勢。那意思是告訴曹朋：敵軍來了……要不然，偷襲？打他們一個措手不及。

曹朋搖搖頭，伸出手翻掌向下壓了壓：稍安勿躁，靜觀其變。告訴大家，穩住，不要慌亂。

偷襲？

如果對手換一個人的話，曹朋倒是不介意趁對方立足未穩，出城偷襲。可那敵軍之中，有一個陳宮。用這種伎倆對付陳宮，恐怕不太可能。如果偷襲就能取勝的話，曹操又何必對陳宮惺惺相惜？

說來也有些奇怪，敵軍沒有出現之前，曹朋是緊張得不得了，可是當敵人蹤跡顯現，甚至是兵臨城下的時候，曹朋反而不害怕了。取而代之的是一種莫名的平靜。他閉上眼，深吸了一口清冷空氣。

如果，我這次戰死在曲陽縣城的話，不曉得後世能否留下我的名字？

這古怪的念頭一起來，曹朋臉上不由自主的浮起了一抹笑意：應該可以吧？至少我已經改變了不少人的命運！典韋被我救下，魏延被我帶到了曹操帳下，還有月英……也不知道，月英現在在海陵做什麼？她能不能猜想到，我此時此刻所面臨的這種危局呢？

可惜，老子死了，還是個處男！

曹朋再次睜開眼睛的時候，已全無半點懼色。

他的心情，處於一種極端的冷靜之中，人站在城牆後，從垛口之間，凝視著敵軍的舉動……

一條條火龍，在距離城外五里處停下。只見他們並沒有立刻安營紮寨，而是迅速列陣。火光中，那陣型一排排，一列列，顯得格外雄渾。兵卒們立於寒風中，一個個沉穩如山。

偶爾，會有馬嘶聲響起。

緊跟著，就見陣型突然一散，從後軍走出一輛輛馬車。軍卒們飛快行動起來，似乎是在陣前架設什麼東西。

這好像不合兵法啊！

周倉和曹朋相視一眼，可以看出彼此眼裡的迷茫之氣。

原本想要藉助這種寂靜，對呂布軍施以威懾。可現在看起來，人家根本就沒有在意這種把戲。

該幹什麼，就幹什麼。

曹朋的把戲沒有產生作用，可是陳登的把戲，著實讓曹朋有些疑惑。

這些傢伙，想幹什麼？

正想著，忽聽城下敵軍陣營中，傳來一陣陣急促的鼓聲。火光中，呂布軍在陣前架設了數十臺拋石機，有兵卒將包裹著枯草的圓石放在拋石機上，緊跟著就聽到有人嘶聲吼叫：「放！」

嗡……

嗡……

伴隨著機括聲響，一個個燃燒的火球騰空而起，朝著曲陽縣的城頭飛來。

就聽到蓬蓬蓬，一連串的巨響聲傳來，城牆被火球砸中，站在城頭上都可以感受到腳下的顫動。

我操！他們要攻城？

曹朋連忙大聲喊道：「全軍戒備，小心賊兵偷襲！」

剎那間，城牆上混亂起來。而城下呂布軍在發出三輪火球之後，旋即上來三隊弓箭手。他們手上的箭矢全部纏繞枯草，在點燃之後，伴隨著一連串口令聲，火箭騰空而起……

「小心！」曹朋大聲吼叫。

一枚火球，呼嘯著飛上城頭，凶狠的砸在一杆大纛上，把那旗杆攔腰砸斷。

幾名兵卒不小心便被壓在旗杆之下，淒聲叫喊起來。曹朋不禁有些氣急敗壞，拔出刀來。

「放箭！」

隨著他一聲令下，城樓上箭矢如雨。

「住手，全都住手！」

曹朋發現，呂布軍並沒有發動攻擊，而是整齊排列在城下。

這幫傢伙，究竟是什麼意思？

就在曹朋疑惑不解之時，從呂布軍中衝出一騎戰馬。

馬上大將，黑盔黑甲，掌中一桿長矛。他在曲陽城下勒馬，抬頭厲聲喝道：「曲陽守軍聽令，限爾等天亮之前開城獻降。否則，天亮之後，城破之時，定將爾等個個誅絕！」

藉著火光，曹朋一眼認出，那大將正是曹性。

只見他在馬上，彎弓搭箭，照準城頭就是一箭……箭矢呼嘯，蓬的正中一面大纛旗的繩索，大纛在

章十一

好個下馬威

火光之中飄然落下。

曹朋神情肅穆，抿緊嘴唇。

他瞇起眼睛，看著招搖退下的曹性，心裡不禁暗道一聲：好你個陳公台，好一個下馬威！

章十二　我將帶你們赴死

重生兩載，說起來對這個時代，也算有所瞭解。

但面對面的正面交鋒，對曹朋而言還是第一次……冷兵器時代的戰爭，究竟是什麼模樣？說實話曹朋還真沒有見識過。似海西兩場衝突？對！但那只是衝突，根本算不得真正的戰爭。

在曹朋的印象裡，戰爭嘛，就是雙方擺開陣勢，或捉對廝殺，或一場混戰。

可是三國時期的戰爭，究竟是什麼樣？

他直到現在，才有了一個真正的認識……冷兵器時代的戰爭，並不是擺開車馬一頓亂戰那麼簡單，裡面也牽扯到了許許多多的因素。物質上的，精神上的……比如鄧芝的『拖』字計，就是消耗戰；比如陳宮上來就是一頓劈頭蓋臉的攻擊，就類似於後世所說的心理戰。

兵書戰策是死的，關鍵是在於人們的理解和運用。

記得前世看過一部電影，說某一國攻城，必先以箭陣威懾，其實也是一種心理戰術。

如果心理素質不好，一輪箭射，就足以令士氣土崩瓦解，還談什麼堅守，談什麼苦戰？

曹朋前世看過《孫子兵法》，今生又讀過《司馬法》，可沒有經歷過真正的戰爭，他又怎可能知曉這兵法的奧妙？看著城頭上慌亂的景象，曹朋第一次感受到自己先前是何等的幼稚。他面對的不是小貓小狗，而是大名鼎鼎的陳宮啊！

周倉奔走馳道，大聲呼喝，使軍卒保持冷靜。

而曹朋則站在城樓上，目光凝重的看著城外的呂布軍，搭建營寨。

天亮之後，雞犬不留嗎？這陳宮的手段，果然是高明……雙方還沒有交戰，己方的士氣已然明顯低落。而在這漫漫長夜中，恐懼將會噬咬城上兵卒們的心靈，恐怕到了天亮時分，不用陳宮出擊，曲陽便已不攻自破了！好一手心理戰。

「公子，情況有點不太妙啊。」周倉在城頭穩定下來之後，來到了曹朋身邊，他臉上帶著憂慮之色，輕聲與曹朋交談：「剛才那一輪投石，讓大家都生出恐懼。我擔心這樣下去，咱們撐不了多久，必須要儘快挽回士氣，否則明日臨戰，勢必會出現大麻煩……」

「我知道！」曹朋手指急促的敲擊垛口，腦筋飛快運轉起來。「把潘璋找來。」

「喏！」

翟囧應命而去，曹朋繼續留在城樓觀察。

此時，城樓上已點燃火把，恢復了照明。之前曹朋所設的空城計，被陳宮一輪投石，破壞的乾乾淨淨。看起來，穿越眾並非萬能嘛……遇到普通人或可，但在陳宮這樣的人物面前，那些雕蟲小技還是不要再拿出來了，以免貽笑大方。

曹朋知道，曲陽這一戰，將會比他想像的更加殘酷，比他想像的更加困難。不過，這一戰也是對他的一次重要考驗。深深吸一口氣，曹朋下意識握緊了長刀。

周倉在旁邊安靜的站立，沒有出言打攪曹朋。

其實，久經戰陣的他，如何不明白曹朋此時所處的心境？事實上，當年周倉第一次臨戰時，比曹朋還不如，直嚇得尿濕了褲子。那一戰，如果不是王猛，他恐怕早就變成了無主孤魂。

所以，他知道，這種心結無法靠外力解開，只有靠自己面對。

至於曹朋能不能解開這心結，需要用多久才能解開這心結？周倉不知道！他只知道，他會拚死保護曹朋……

「公子，賊軍的氣焰太盛。」

潘璋匆匆來到了城頭，隨同他一起前來的，還有鄧範和夏侯蘭兩人。

夏侯蘭的狀況還好一些，畢竟曾參加過和袁紹的大戰，這小小的投石問路，對他影響並不大。不過潘璋和鄧範，明顯有些狼狽。

潘璋一路咒罵，走到曹朋身後，卻見周倉擺手，示意他不要開口。

曹朋巍然不動，立於城牆後，眺望遠處敵營。半晌後，他突然回過身來，神色平靜如常。

「我欲偷營，誰敢出戰？」

「啊？」

周倉等人嚇了一跳，向曹朋看去。

偷營？

曹朋握緊拳頭，抬起頭向下邳軍營看去。

「陳公台劃下了道，我若是沒有反應，只怕於軍心不利。不過，我可以感覺出來，那陳宮並未真正將我們看在眼中。先前投石，威懾大於殺傷。此人有真才學，但心高氣傲……他越是看我們不起，我們就越是要給他顏色。他用投石震懾，我們就用偷營來進行回擊。」

「只是，此去偷營，危險重重。我們的目的同樣不是為了殺傷，而是給予下邳賊軍震懾。他用強硬的手段來恐嚇我們，那我們就用更強硬的手段，來告訴他我們的決心……」

潘璋等人頓時沉默下來。曹朋這一番話極有道理，可他們也知道，此去偷營，只怕凶多吉少。

「我為主將，自當親領敢死隊，哪個願隨我赴死？」
「公子，萬萬不可！」
周倉等人連忙阻止，一個個露出羞愧之色。
曹朋說：「我意已決，爾等休得勸阻。我乃主將，若不能當先，如何能令將士們心服呢？傳我命令，自軍中挑選一百豪勇之士，丑時於西校場集結。」
說罷，曹朋大步離去。只留下周倉等人，站在原處，面面相覷。

回到府衙之後，曹朋命翟冏取來一件泡釘皮甲，套在身上。而後，他坐在門廊下，取出磨石，為長刀洗鋒。不是他想要去涉險，而是在這種情況下，他必須涉險。磨石洗鋒，發出嗡嗡刀嘯，那長刀在燈光下，閃爍著一抹暗紅色的血芒。河一大刀自出世以來，尚未飽飲鮮血，想必它早已飢渴，今夜正好藉此機會，讓它過過癮。
二戰時期，日軍偷襲珍珠港，美軍舉國哀嘆。
羅斯福立刻下令，調集最優秀的飛行員，對東京實施轟炸。
美軍對這一舉動，稱之為報復行動。事實上，轟炸東京的戰果並不大，卻給予了美國極大的鼓舞。美國在珍珠港事件後，迅速發動反擊，固然是其國力雄厚的緣故，但轟炸東京的行動就如同一

我將帶你們赴死

管強心劑，令美國舉國振奮。轟炸東京的目的，就是告訴日本：我們還在戰鬥……

曹朋決意偷營，其目的與轟炸東京相似。

我不求殺你多少人，我只要告訴你們，我絕不會屈服！

其實在三國時期，就有許多類似這樣的行動，最著名的莫過於合肥大戰時，甘寧百騎闖聯營，旋即張遼率部反擊。從某種意義上，並無區別。只是曹朋現在的狀況，似乎更加危險。

取出一塊粗布，慢慢纏繞在手上。

曹朋將雙手纏好之後，抓起河一大刀，雙手握柄，照空中連續幾次劈斬。精神在一剎那間，彷彿達到了一個奇異的妙境。他笑了笑，將大刀收入麂皮刀鞘之中，邁步走出府衙。

西校場內，燈火通明。

五百悍卒環繞校場周圍，正中央點將臺下，百名被挑選出來的勇士列隊整齊。夏侯蘭、潘璋、周倉、鄧範、王旭五人，已在校場中恭候。在數百雙目光的注視下，曹朋昂首挺胸，登上點將臺。一襲短襦，外罩皮甲，腰間斜掛兜囊。曹朋走上點將臺之後，神情自若，清冷的目光掃過臺下眾人。

剎那間，整個校場鴉雀無聲，只有那松油火把，劈啪劈啪燃燒的聲音。

「我知道，你們很多人在心裡罵我！」曹朋開口道。

他聲音不大，正處於變聲期，還有一點點的稚嫩。

「你們很多人在罵我，把你們挑選出來，是去送死。」曹朋看著那些人，從他們的目光中，看出了一絲絲波動。

其實，不止是這些兵卒，包括周倉五個人在內，也不禁感覺到奇怪。

「沒錯，你們的確是赴死……不過，我帶領你們，一同赴死。」曹朋猛然大聲吼道，『一同赴死』、『一同赴死』的聲音，在校場的上空迴盪不息，久久不散。

校場中好像炸開了鍋一樣，嗡嗡直響。

「這裡很多人，都認識我。」曹朋接著說道：「我不喜歡打仗，甚至厭惡打仗……可是，我們現在卻必須提起刀槍。這一仗，非我們挑起，而是城外的那些賊人，他們嫉妒在過去一年裡，海西所取得的成就，他們嫉妒在過去一年裡，你們過上了不愁溫飽的富足生活。」

「誰願意流血？誰又願意送死？包括我在內，也嚮往馬放南山，無憂無慮的生活。可是，呂布不願意，陳宮不願意，那些只知道搶掠，只知道破壞的混蛋們不願意。同樣，他們也不願意你們過上好日子，因為他們過不上這樣的好日子，所以他們要破壞，要搶掠，要殺戮……」

曹朋的聲音，在校場中迴盪。軍卒們一個個屏住了呼吸，隨著曹朋的抑揚頓挫，而露出憤怒之色。

甚至連周倉、潘璋和鄧範，一個個也是鬚髮賁張……

章十二 我將帶你們赴死

是啊，我們在海西過得挺好，沒有招惹誰，為什麼要經歷這樣的磨難？

他們的眼睛通紅，他們的手在顫抖，胸中只覺一口氣湧上來，讓他們的血液頓時沸騰。

「我不是海西人，也不是曲陽人，可海西，卻凝聚了我所有的心血。我絕不會任人踐踏我的努力，也不會任由他們肆意妄為。先前，賊軍們的話你們都聽到了……他們要我們雞犬不留，他們要我們血流成河。你們的田地，你們的房舍，你們的老婆孩子，都會被他們踐踏、蹂躪、摧毀……你們可以忍耐嗎？我不能，我絕不會容忍他們的張狂！」

「我知道，他們人很多，數倍於我們。可是我不怕……我要告訴他們，我們絕不屈服。即便是我丟掉了性命，也絕不會向他們屈服。你們，誰想要再過以往那種衣不裹體、食不果腹的日子？你們誰想要再去過那種被人肆意欺凌、任人踐踏尊嚴的生活？我不願意，我哪怕把我一腔熱血流盡，也要捍衛我的尊嚴。」

「今晚，我將帶你們赴死。我會和你們並肩作戰，沒有什麼海陵尉，沒有什麼曹公子，我和你們一樣，只是一個為了保護自己家園、保護自己親人不受欺凌的普通士兵。我將帶你們赴死，與你們一起，流盡最後一滴血。我將帶你們赴死，用我們手中的大刀，用我們的熱血告訴城外的那些畜生，我不怕你們！」

校場中，依舊是沉默……

不僅僅是那百名勇士，還有校場周圍的軍卒們，一個個身體顫抖，齜著牙，眼中直噴火一樣。

「赴死！」

「赴死……」

也不知是誰，發出一聲低吼。剎那間，數百人同聲呼喚，整個校場如同一座即將噴發的火山。

「來人，上酒！」

曹朋大吼一聲，立刻有人端著酒罈子走上前來。曹朋端起酒碗，朝著點將臺下的百名勇士舉起，「喝了這一碗壯行酒，黃泉路上我等斬閻羅。來，乾了！」

「乾！」

曹朋將酒水一飲而盡，然後狠狠的把酒碗摔在地上，摔得粉碎。

潘璋上前，大聲道：「璋請與公子赴死。」

「夏侯蘭願與公子赴死。」

「周倉願與……」

曹朋目光清冷，沉聲道：「此戰無須太多人，只文珪與我同行即可。若我等戰死，曲陽就請你們多多費心。賊軍不得長久，不出旬月，必有變數發生。在此之前，曲陽就拜託你們。」

周倉三人還要再說話，卻被曹朋眼睛一瞪，一個個閉上了嘴巴。

「我們，出發！」

曹朋看了看天色，縱身跳下點將臺，大步向校場外走去。潘璋緊隨其後，百名勇士魚貫而行。眼見著就要走出校場時，忽見一人從人群中衝出來，攔住了曹朋的去路。

「請公子帶我赴死。」

那人年紀在二十四、五的樣子，身形魁梧而壯碩，斜背一個槍囊，約一米長短，一頭露出兩個寒光閃閃的鐵槍頭。他單膝跪地，大聲道：「小人海西楚戈，願與公子赴死，請公子成全。」

「你？」

潘璋輕聲道：「這傢伙是海民，身手不錯。只是頭腦有些不太清楚，有時候瘋瘋癲癲，所以在軍中，大家都稱呼他做瘋子楚戈，倒是一把好手。」

「你，想清楚了？」

「小人想清楚了……不外一死耳，區區賊兵，有何可懼？」

「既然如此，我准你與我赴死。」曹朋大笑，上前一把拽起楚戈。

這傢伙，比曹朋高出半個頭，一臉橫肉，脖子短粗，面目猙獰。

「走，讓那些下邳狗們看一看，我等海西好漢的本事！」

章十三 偷營

邦邦邦邦，刁斗四響。

已經是寅時，營寨裡很安靜。陳登躺在小帳之中，墊著一塊木枕，半靠在圍欄上，捧著一卷《公羊傳》閱讀。眼睛盯著竹簡，可心思卻不知道跑去了何處。

「公台還沒有睡嗎？」

「啊，是叔龍啊。」

帳簾一挑，曹性從外面走進來。

陳宮連忙翻身坐起，擺手示意曹性隨意。他起身，倒了一碗水，遞給曹性。曹性道了聲謝，接過水碗之後，便坐了下來。陳宮有一個習慣，在軍中的時候，滴酒不沾，只會喝清水。

曹性也習慣了，所以不太在意。

雖說他和陳宮並不是特別對盤，但如果單以才幹而言，曹性倒也說不出什麼。和陳宮的矛盾，主要是集中在當初郝萌造反，曹性曾指認過陳宮。不過那件事過去以後，呂布不問，曹性也不會再提起。後來曹性駐守下相，和陳宮也少接觸，這恩怨也漸漸淡了……

「叔龍，天亮必有苦戰，為何不去歇息？」

「剛才後營走了水，我剛過去查看了一下。」

「走水？」陳宮神色一緊，連忙道：「沒有什麼大礙吧？」

「沒事兒……是一個小校不小心燃了衣甲，引發出來的慌亂。我已命人處理了那個小校，問題不大。」

「那就好！」陳宮的臉色緩和很多。「那麼，叔龍，你找我有事？」

「這個……」

陳宮看了曹性兩眼，微微一笑，「你是不是想說，我堅持打海西，意氣用事？」

「嗯。」

陳宮嘆了口氣，輕聲道：「其實我也知道，不只是你，恐怕文遠、宣高他們都不太贊成，以為我公私不分。其實……叔龍，你以為曹操會放過我們嗎？我是說，他會眼睜睜看著我們，坐擁徐州而置之不理嗎？」

曹性愣了一下，旋即搖了搖頭。

「曹操，奸雄也……名為迎奉天子，實乃漢賊。如今他挾天子以令諸侯，占居大義之名。可是，他如果想要把持朝綱，勢必會與袁紹一戰。而君侯坐擁徐州，又是個優柔寡斷的性子，曹操焉能放心？他與袁紹決戰之前，勢必會攻伐徐州。到那時候，我們和曹操之間必有一戰。」

曹性張了張嘴，似想要說些什麼，可話到了嘴邊，又不知該如何說起。

「打海西，名為那百萬斛糧草，是為剪斷曹操一支伏兵。你有沒有發現，如果曹操一旦對徐州用兵，勿論陳元龍是什麼態度，海西一定會出兵協助。如今海西有人口七萬，面更達三縣之廣。鄧稷，在海西威望很高，可以在最短時間徵召數千兵馬。到時候從海西出兵，直抵曲陽，攻克下相，與曹操遙相呼應，對下邳呈夾擊之勢。此，方為我出兵海西之本意。」

「我知道，你與那鄧稷內弟有交情。可不要忘記，他和我們，其實敵對。你對那小子有交情，可那小子未必會視你為朋友。」

曹性面頰抽搐一下，嘆口氣，「公台，我只是覺得這種時候開啟戰端，只怕沒有什麼好處。」

陳宮正色道：「戰事已經開啟，叔龍又何必考慮太多？」

是啊，大戰已經拉開了序幕，難不成這個時候收兵回去？曹性不得不承認，陳宮的話很有道理。

「曲陽一戰，最好能速戰速決。」

陳宮笑道：「叔龍，那海西或許有些手段，可方才你也看到了，一輪投石，便令其原形畢露。此等烏合之眾，你又何必擔心？不出三日，曲陽必破，到時候我們馬踏海西，便可班師返還。」

「希望如此！」曹性驀地扭頭，「不過，你最好盯著子善。我不希望他惹出什麼是非，讓我們徒增傷亡。」

「我知道，我已命他坐鎮後軍，看管輜重。」

「如此甚好。」

曹性覺得，該說的好像都已經說了，繼續在這小帳中也沒什麼用處，便和陳宮拱手告辭。

送走了曹性之後，陳宮又半躺在榻上。

他沒有再去翻閱那卷《公羊傳》，而是閉上眼睛，陷入沉思。

剛才與曹性那一番話，絕不是危言聳聽。陳宮知道，呂布和曹操之間，是你死我活，絕無轉圜餘地。當然，他也不想和曹操轉圜。只不過，曹操何時會出兵呢？陳宮也頗有些疑惑。

今年許都屯田豐收，曹操手中再也不缺糧草。

如今的曹操，可不是當初兗州的曹操，說他兵強馬壯，絕不為過。而且隨著曹操迎奉天子，其帳下更是人才濟濟，就比如那個鄧稷，也不簡單。至少在陳宮看來，鄧稷能在短短一年時間裡，將混亂無序的海西縣梳理的井井有條，這份才幹，就足以令他感到讚嘆不已。

呂布帳下，就缺少這樣的人才……

陳宮很瞭解自己，他不是輔政之才。他是謀主，但是對於內政並不擅長。這也是呂布奪取徐州之後，徐州江河日下的一個原因。

呂布驍勇，決殺兩陣之間，天下無敵。

陳宮呢，出謀劃策，運籌帷幄，水平也不差。可問題是，這打仗也需要內政的輔助，糧草、人口等等若無專業人才打理，還真不成。漢高祖得天下，還需要有蕭何坐鎮後方，更何況呂布呢？也許來年，應該留意這方面的事情。那陳長文有才幹，可以向君侯舉薦……

思緒此起彼伏，不知不覺，寅時已過。陳宮靠在床榻之上，迷迷糊糊的，便睡著了……

曹朋被人用繩索從城牆上吊下來。

共一百零四人出城，趁著夜色，悄然來到下邳軍營外。所有人的身上都沾染著泥漿，臉上更用泥水塗抹，看上去極為古怪。下半夜過後，氣溫陡降，風從游水吹來，讓人有些發寒……

匍匐在一塊小土包上，曹朋舉目眺望。

看得出，曹性行軍打仗很謹慎。雖然是倉促立營，但守衛卻很嚴密。幾扇營門都有巡兵守衛，吊樓上還有衛兵放哨。從正面衝進去，困難很大，也很危險。

好在，這幾日曹朋帶著人，仔細巡視過周遭的地形。他朝著潘璋擺了擺手，做出一個分頭行事的手勢。潘璋臉上塗抹著黑泥，朝著曹朋點點頭，表示明白。旋即，這一百零四人兵分兩路。

曹朋帶領一批人，沿著祖水河灘行進，藉著白茫茫一片蘆花的掩護，神不知鬼不覺的來到了兵營的側門。一整日的行軍，下邳軍似乎也很疲乏，所以軍營之中相對而言比較鬆散。不過營帳之間，不時會有巡兵穿行。

這倒也符合曹性的性子。曹朋和曹性接觸不多，但對曹性也並非沒有瞭解。事實上，他早知道呂布和曹操之間必有一戰，故而在海西的時候，他便開始搜集和整理八健將資料。

曹性此人，沉穩有度。個人的武力不弱，箭術超群。但若以兵法而言，倒也算不得很強橫。曹性最大的特點就是在於一個『穩』字，所以在他領兵之時，最突出的便是沉穩。未必有什麼大功勞，但也絕不會出現什麼大錯誤。呂布命他駐守下相，正是因為他的這個『穩』，似攻打劉備、擊敗夏侯惇這樣的戰事，非曹性能為。

邦邦邦邦邦，五更天至。

此時，天亮的很晚，大約在卯時過後，才會有魚肚白。也就是說，在凌晨五點到六點之間，是最黑的時候……對人而言，這個時間段，也是睡得最死的時候。

巡兵漸漸稀少，曹朋衝翟冏和楚戈做了一個手勢，然後弓著身子，貓腰行進。

小門外，有兩個衛兵，手拄長槍，正一點頭、一點頭的打盹兒。曹朋探手從麂皮袋裡取出一枚鐵流星，猛然從蘆花中竄出，好像一頭獵豹似的撲向那兩個衛兵。衛兵昏昏欲睡，忽聽聲響，立刻警惕的站直身子，但沒等他們看清楚是什麼狀況，曹朋手中的鐵流星已經飛出。

蓬的一聲悶響，鐵流星凶狠的砸在一個衛兵的面門上，把那衛兵的鼻梁骨連帶著雙眼之間的眉骨，一下子砸凹進去。衛兵撲通一聲就摔倒在地上，鮮血瞬間染紅了地面。與此同時，曹朋也到了另一個衛兵跟前，騰身扭住了衛兵的脖子，手上一用力，藉由身體下墜的力量往下用力一扳。

嘎卡一聲，頸骨折斷。衛兵軟綿綿的滑落在地上，曹朋伸手，一把抓住了長矛。

就在曹朋解決了兩個衛兵的同時，翟冏和楚戈兩人一馬當先，帶著人便衝進了營地之中。

八千人的營寨，其實並不算太小。兩邊是小營，中間是大營；小營的營帳相對緊密，而大營的營帳則有些鬆散。

「點火！」

曹朋一聲令下，楚戈等人紛紛從腰間取下葫蘆，將裡面的桐油潑灑在軍帳上。隨後，翟冏等人燃起了火摺子，往軍帳上一扔。桐油遇火，瞬間便燃燒起來，眨眼的工夫，一座座軍帳被烈焰包圍。

「敵襲，敵襲！」

睡夢中的下邳軍卒驚醒過來，睜開眼卻是一片火海。他們甚至顧不得穿好衣服，一個個狼狽的從軍帳中衝出來，一邊跑，一邊大聲的叫喊著……

出現這種狀況，絕不是走水的問題，那肯定是有人偷營！

曹朋等人想要撤走，可沒有那麼容易。不過從一開始，曹朋他們也沒有想過要偷偷摸摸的走。

河一大刀出鞘，曹朋迎著一個下邳軍卒，雙手握刀，橫身劈斬。這河一大刀的造型，已經接近於後世的陌刀。刀口咬住那軍卒的身子，瞬間將對方斬斷。

楚戈手持兩支長矛，翟冏則是一口大刀。

五十人，如同五十頭下山猛虎，朝著下邳軍就衝了過去。

曹朋一馬當先，大刀上下翻飛，呼呼作響。一道道血光在火海中噴灑，透出綺麗之色。與此同時，下邳兵營另一邊的小營中也燃起了大火。兩邊火勢一起，整個兵營頓時亂成一團。

一員騎將催馬擰槍，朝著曹朋撲過來。卻見曹朋頓足擰身，一刀橫掃，連人帶馬四分五裂。

「今夜我輩揚名之時，休放過下邳狗賊！」

曹朋大聲呼喝，在亂軍之中奔走……一路殺將出去，只殺得血流成河。曹朋和潘璋在中軍會合之後，二話不說，朝著大營外就衝了出去。此時，整個兵營沸騰了，長號聲、戰鼓聲、人喊馬嘶聲，幾乎匯聚在了一起。藉著這股亂勁兒，曹朋和潘璋一鼓作氣衝到了大營門口。

只是這營門內的阻力，明顯增加許多。

下邳軍也反應過來，開始向曹朋等人發動了反擊。

十幾個將校帶著兵卒一擁而上，便把曹朋一行人團團圍住。好一個曹朋，絲毫不懼。他和潘璋兩人一左一右，兩口大刀猶如閻王手中的生死簿與勾魂筆，曹朋是刀刀致命，潘璋更是招招追魂。身後，楚戈等人更是如同亡命一般，在人群中瘋狂殺戮。

「休要戀戰，速退，速退！」曹朋一邊呼喊，一邊往外衝。

潘璋此時更是渾身浴血，火光之中，臉上的黑泥使得他更顯猙獰。手中大刀是凶狠的劈斬，同時嘴裡還不停的用兗州土話大聲咒罵。

一行人從轅門口殺將出來之後，曹朋也不敢停留，忙朝著曲陽方向飛奔。

「休走了賊人！」

兵營中的下邳軍終於反應過來，隨著號角聲響起，一隊隊鐵騎衝出大營，開始對曹朋等人發動攻擊。曹朋和潘璋是撒丫子就跑，頭也不回。他們沒有戰馬，因為馬匹在之前都給了甘寧等人。

這種偷營的舉動，完全就是拚命，能拚死一個夠本，能拚死兩個就賺一個。能打就打，絕不戀戰。

可問題是，兩條腿怎跑得過戰馬？

曹朋正跑著，就聽身後傳來一聲慘叫。他連忙回身看去，就見潘璋的大腿上插著一枝利矢。在他們後面，追兵越來越近……

「公子速走！」潘璋單膝跪地，大聲吼叫。

曹朋一咬牙，轉身跑回來，在潘璋身邊蹲下，抓起他的手臂搭在脖子上，「潘文珪，隨我走！」

潘璋還想掙扎，可是卻被曹朋一句話所喝止。

「咱們是求生，不是求死……你再不走，咱們都要死在這裡。」

眼睛通紅，潘璋一瘸一拐，和曹朋在原野中飛奔。身後馬蹄聲越來越近，不時有慘叫聲傳來，可是曹朋卻不敢回頭，拉著潘璋拚命往前奔跑。

「小賊，我看你往哪兒走！」

蹄聲，已到身後。

弓弦聲響，一枝利矢離弦射出，朝著曹朋飛來……

「公子，小心！」

一個人影橫身攔在曹朋身後，擋住了利矢。長箭正中那人的胸口，撲通就栽倒在地上，再也沒有起來。曹朋認出那為他擋箭的人，正是在海陵招來的親隨翟囧。相處三個月，曹朋並沒有和翟囧有太多交流，他是個沉默寡言卻很盡責的人，著實為曹朋分擔許多事情。

「彥明！」曹朋悲呼一聲，放開了潘璋，拖刀反身撲向那疾馳而來的快馬，頓足甩胯，旋身呼的一刀劈出！戰馬悲嘶，馬上的騎將更被曹朋一刀奪命。

他蹲下身子，卻見翟冏已氣絕身亡……

「公子，速走。」楚戈衝過來，拉著曹朋就走。

另一邊，潘璋也在大聲呼喚曹朋撤退。

一匹匹快馬衝出下邳軍大營，追上來瘋狂的追殺。曹朋幾乎是被拖著往曲陽城走，身後的慘叫聲接連響起，令他感到萬分悲慟。雖然早就知道這是不可避免的結局，可當曹朋親身感受的時候，也不禁萬分難受。不過，他沒有其他選擇，只能衝上去。

跌跌撞撞來到城牆下，潘璋高聲喊道：「放繩子！」

從城頭上甩下無數根繩索，曹朋和潘璋探手抓住繩子，沿著城牆飛快的攀援。沒辦法，城門早在之前就被堵死，大門後面是重達幾十噸的沙石袋子，根本沒有辦法打開城門。

一個，兩個，三個……

出城時，一百零四名勇士，可回來時，卻寥寥無幾。

追兵逼近城下，周倉命弓箭手在城頭放箭，使敵軍無法靠近。

曹性帶著一支人馬來到曲陽城下，就看到十幾個人正拚命的往城頭上攀爬。其中一個瘦小的背影，看上去很眼熟。曹性眼睛一瞇，心裡不由得一咯登：他不是在廣陵？怎出現在此地？

不過想是想，曹性還是摘弓取箭，弓開滿月，對準曹朋就是一箭。

曹性的弓，有三石力，三百餘斤的力道。那利矢破空，明顯和其他的箭矢不同，帶著厲嘯，直撲曹朋。

周倉在城頭上看得真切，連忙大聲呼喊道：「公子，小心冷箭！」

曹朋正在攀爬城牆，忽然有一種警兆襲來。他本能的用腳側蹬城牆，身體呼的一下子在半空中盪起。利矢幾乎是擦著他的身子掠過，撞在城牆上，火星四濺。曹朋的身子重重的砸在城牆上，趁著這一回身的工夫，他看到了曹性，正從胡祿裡抽出第二枝長箭，不由大驚。

別人不知道曹性的箭術，曹朋卻清楚。雖然在後世的三國神箭排名中，曹性並未上榜，可那並不能說明，曹性的箭術就比其他人差。

顧不得身上的疼痛，曹朋連忙雙手用力，飛快攀援。

曹性目光沉冷，開弓放箭。

第二枝箭才一離弦，第三枝箭就搭在了弦上。兩箭幾乎齊發，但速度卻有不同。

第三枝箭後發先至，幾乎是與第二枝箭同時飛向曹朋。此時，曹朋一隻手已經搭在了城頭上，聽到身後的響動，連忙側身。一枝箭撞在城牆上，可另一枝箭卻正中曹朋的肩膀。

「啊！」曹朋大叫一聲，手一軟，身體旋即就往城下跌落。

一隻大手蓬的探出，死死抓住曹朋的手臂！鄧範一隻腳踩在城垛口上，身子幾乎完全探出，他大吼一聲，生生將曹朋的身子提了上來，拖上城頭。

曹性忍不住大叫可惜，不過眼中卻流露出釋然之色。

這就是三國！

即便我們是朋友，我也絕不會容情。如果你能逃出我的手心，我還是會為你感到幾分慶幸！

曹朋趴在地上，只覺腦袋嗡嗡直響。

就在剛才的一剎那，他再一次感受到了生與死的距離竟如此接近。

心，怦怦直跳，不過臉色卻顯得格外平靜。他翻身站起來，就見潘璋也爬到了城頭上，緊跟著楚戈，再然後……一個、兩個、三個……六名勇士攀上城頭之後，再也沒有動靜。

也就是說，一百零四個人，活著回來的，只有這九個人。

其中，曹朋肩膀中箭，潘璋大腿中箭，楚戈身中三刀，還有一名勇士被下邳騎軍用槍扎中了肚子，勉強爬上城之後，卻已經是氣息奄奄。看那樣子曹朋就知道，恐怕是很難救過來。

掙扎著，曹朋站起來，舉目向城下看去。

陳宮站在一輛車上，在兵馬的簇擁下，來到曲陽城下，和曹性並肩。

「陳公台，你不過如此！」曹朋突然破口大罵：「背主奸賊，也敢犯我海西。今燒了你的營寨，好教你莫小覷天下英雄！」

「他是誰？」陳宮覺得有些眼熟，脫口問道。

曹性陰沉著臉，咬牙切齒道：「曹朋。」

「他居然回來了？」

一剎那間，陳宮似乎了然。他從未小覷過曹朋，包括當初呂吉搞出來的那些花招，陳宮焉能看不出來？但那是呂布家事，他才不會過問。曹朋能在那種情況下完好無損的脫險，不管是用了什麼手段，不管是運氣還是心計，都足以說明這小子不簡單。若這小子在，宋憲在海西死得倒也不冤枉……

陳宮眼中，透出一抹陰冷。

「叔龍，咱們回去。」

「收兵？」

「嗯！」

「可是……」

「現在的情況，不適合攻城。且讓他張狂，待天亮之後，咱們再發動攻擊，看他有甚手段。」

陳宮神情淡漠，根本就不理睬曹朋的挑釁。事實上，這麼多年了，什麼難聽的話他沒有聽過？包括在呂布帳下，他密謀郝萌造反，後來呂布雖然不追究此事，卻不代表其他人不追究。八健將多豪勇粗莽之輩，罵起人來可比曹朋罵的難聽多了。

好聽一點說，陳宮是心如止水；難聽一點說，他已經被人罵得麻木了！

下邳軍來得快，退得也快。

曹朋看著下邳軍有條不紊的退回兵營，心裡更感沉重。

「公子，小八走了！」楚戈帶著哭腔，對曹朋道。

小八，就是那個被大槍穿透肚子的勇士。只可惜他拚命的爬回家，到頭來仍躲不過一死……奔跑這一路，腸子幾乎都流了出來，還有一截就掛在城頭上。

曹朋蹣跚著走過去，撲通跪在小八的屍體旁，慢慢將那殘斷的腸子塞回小八的肚子裡。

如果不是楚戈告訴他，他甚至不知道這小八的名字。其實，倒在城外那近百名勇士當中，除了翟冏之外，曹朋幾乎一個都不認識。

城頭上，瀰漫著一股令人快要窒息的壓抑氣氛。有的兵卒忍不住，失聲痛哭起來……

面對死亡，誰也無法做的從容鎮定。特別是看到小八那慘死的模樣，更沒有多少人可以承受。

「不許哭！」曹朋忽然站起身來，厲聲吼道。

一雙雙眼睛，在剎那間都凝視著曹朋。

「小八死了，翟冏死了……城外還有我們許多好兄弟，從此長眠。可他們為了什麼而死？他們是為了守護自己的家園，守護自己的家人，他們死的不冤。」曹朋嘶聲咆哮，城頭上鴉雀無聲。

「他們死了，可我們還活著。」曹朋的眼睛通紅，如同滴血一般。「我們還要繼續在這裡，守護我們的土地，守護我們的家園，守護我們的親人……誰如果害怕了，就看看小八的臉，記住他的長相。他到死都沒有放棄，我也不會放棄！你們會不會放棄？」

在片刻死一般的寂靜之後，城頭上，城裡面，近千人齊聲呼喊：「我們絕不放棄。」

「看到了沒有！」

曹朋一指城外，那隱隱的火光。

「他們八千人，可卻擋不住我們一百人的衝鋒。兄弟們，我想要告訴你們的是，天亮之後，我們將會面臨更為慘烈、更為殘酷的戰鬥。可是，為了那些死去的兄弟，為了我們的父母妻兒，我們不能放棄……誰敢犯我家園，我和他拚命！」

「沒錯，拚了！」

「和他們拚命……」

「所有人，回到各自的位置上去，拿起你們的兵器，用那些下邳狗的血來祭奠兄弟們的英靈。」

「殺了下邳狗！」

「和他們拚了……」

一聲聲呼喊，匯聚在一起，響徹雲霄。

曹朋看著群情振奮的人們，輕出了一口氣。

「讓人把小八的屍體安頓好。」

「喏！」

曹朋一抬手，只覺全身的骨頭架子都好像散了一樣。剛才，他強撐著激發大家的情緒，可是當大家都瘋狂起來之後，曹朋開始感到一陣陣眩暈。

有人找來了曲陽的大夫，為曹朋拔去肩頭的長箭，然後包紮妥當。

曹朋靠著城垛口坐下，看了一眼潘璋，突然忍不住呵呵笑了起來。

「公子，你笑個甚？」

「我突然想起來，你剛才衝殺的時候，嘴裡面嘀咕的啥東西？」

「俺們老家的土話。」

「兗州話嗎？」

「嗯！」

「回頭教我幾句……說不定啥時候我回去兗州做事，到時候能說上一口兗州話，也挺不錯。」

「很難聽啊！」

「不難聽不學……」

潘璋看著曹朋，忍不住哈哈大笑。他腿上的箭傷倒是不算嚴重，只是被赤莖白羽箭穿透了大腿。現在取下了箭矢，包紮妥當之後，已沒有什麼大礙。不遠處，大夫正在給楚戈包紮傷口，他赤裸著上身，在火光中露出精壯的身子，刀口很深，血流不止，疼得他一個勁兒的叫嚷。

「找兩根羊腸，洗乾淨，再弄兩根骨針過來。」曹朋站起來走到楚戈的身旁，對那大夫吩咐道。

自有軍士跑下城頭，尋找曹朋所需的物品。

「公子，你這是做啥？」

「給你治傷……很疼的，受不受得住？」

「哈，公子說笑了，區區小痛，有啥受不得？」

曹朋的臉上露出一抹笑容，「聽口音，不是青州人？」

「冀州人……當年隨父母流落青州，後來又跟薛大帥……薛州到了郁洲山，如今在海西安家。」

「當我的扈從吧。」

「啊？」楚戈瞪大了眼睛，愕然看著曹朋，有點反應不過來。

「身手不錯，以後就當我的扈從吧。」

「好！」楚戈省悟過來，沒有猶豫，便立刻答應。

其實，以他的身手，若留在軍中的話，憑戰功也能很快獲得升遷。可既然曹朋開了這個口，楚戈自然不會拒絕。

公子讓我做他的扈從，那是看得起我。我一個郁洲山海民，能做公子扈從，又有什麼不樂意呢？

這時候，有人取來骨針和羊腸。曹朋把羊腸洗乾淨切細，然後穿在骨針上。

他抬頭對那郎中道：「以後再有這等傷勢，就依著我這個辦法來。不過你要記住，一定要乾淨。骨針最好能用火燒一下，包紮的時候，最好先用滾水煮一煮，曬乾了，再進行包紮。」

曹朋一邊說著，一邊用骨針縫合楚戈的傷口，把楚戈疼得冷汗直流。只是他剛才放出了大話，所以強忍著疼痛，硬是沒有叫出聲來。縫合完畢之後，楚戈的臉都白了。

曹朋找了塊乾淨的布，為楚戈將傷口包紮好，抹了一把額頭的汗水。

「歇一會兒，咱回頭還得和那些狗娘養的下邳狗火拚……瘋子，別丟了我的臉，多殺幾個。」

楚戈咧開大嘴嘿嘿笑道：「公子只管放心，那些下邳狗，不禁殺。」

曹朋站起身，舉目遠眺。

天邊，已泛起了魚肚白的亮光，預示著天將大亮。

「傳我命令，讓大家做好準備……天亮之後，下邳狗必然會發動猛攻，給我狠狠的教訓他們。」

「喏！」

潘璋也站起來，與曹朋告辭。他的職責是守護東門，天就要亮了，他必須要回到自己的崗位上。

周倉跟在曹朋身後，輕聲說道：「公子，估計還要一會兒天才能亮，要不然你回屋休息一下？」

「算了，隨我巡視城樓，看看還有沒有需要注意的地方。」

朝陽初升時，並未捲起一天火雲。

它的四周，是一片淺玫瑰色的晨曦，帶著一種明亮而柔和的光芒，從一片狹長的雲層後隱隱浮起，露了露面，旋即躲進周圍淡淡的紫霧中。在舒展著雲層的最高處，兩邊閃爍猶如一條條發亮的小蛇……跳躍的光柱向前移動，帶著一種肅穆，向上飛似的擁出了一輪朝陽！

天亮了。

從城外的兵營中，傳來隆隆的戰鼓聲。

曹朋手扶城垛，站定身形。他迎著朝陽，深吸一口清晨的空氣，而後猛然轉身，凝視城外。

開始了！

章十四 我只要曲陽

馬鬃飄揚。曲陽城下，喊殺聲震天。

甘寧跨坐照夜白，蹙眉眺望，臉上透出濃濃的憂色。一雙劍眉緊鎖，虎目微合，緊握長刀。

「伯苗，咱們衝一衝，如何？」

「不可！」鄧芝連忙阻攔，見甘寧臉色不好，於是連忙解釋，「不是不衝，而是現在不能衝。曲陽戰事方啟，下邳軍陣型尚未散亂，士氣正旺。我們現在衝營，很難使他們混亂，作用並不大。」

「那何時才能衝營？」

「再等等！」鄧芝輕聲道：「友學也非等閒，下邳軍攻勢雖猛，但想要破城，恐怕非易事。咱們現在必須耐下性子，等下邳軍的士氣回落，而後再進攻，到時候必能緩解曲陽壓力。」

甘寧想了想，最終還是贊成了鄧芝的主意。

曲陽城方向隱隱約約傳來的喊殺聲，刺激著甘寧的神經。甘寧恨不得此時此刻就在曲陽城裡，和曹朋並肩作戰。雖然看不到那慘烈的廝殺場面，可他能夠感覺出來那濃濃的血腥氣。

只是，鄧芝說得沒有錯。曹朋命他在城外呼應，並不是要他魯莽行事。

甘寧從來都不是一個魯莽的人，他也知道，想要為曲陽分擔壓力，就必須要找到合適時機。莽撞行事，其結果只能是慘敗。

他手中的兵馬並不多，把所有的戰馬都湊起來，連帶著曹朋的那匹照夜白，也僅止三百八十六匹而已。甘寧傷不起！他很清楚，他的每一次衝鋒必須要恰到好處，否則就是無用功。

強按捺住衝動，甘寧咬著牙，撥轉馬頭，「命斥候繼續打探，務必時刻關注曲陽戰況。」

「喏！」鄧芝拱手應命。

甘寧在馬上再次回身向曲陽探望，半晌後嘆了口氣，催馬離開。

「放箭！」曹朋站在城頭上，嘶聲吼叫。

一排排弓箭手，瘋狂的朝城下的敵兵射箭，箭矢如雨。城牆腳下，十臺拋石機瘋狂彈射礌石。一枚枚礌石呼嘯著飛出，砸落在地面上，發出沉悶的聲響。兩臺擋箭牌被礌石凶狠的砸翻倒地，幾名軍卒被壓在擋箭車下，發出淒厲的哀嚎……

短短兩、三個時辰裡，下邳軍已發動了一波又一波凶猛的攻擊。

饒是曹朋憑藉堅城固守，可是傷亡卻在不斷的增加。一方攜帶了大量的攻城器械，一方則提前做好了準備。雖然下邳軍人數占居優勢，但憑藉堅城高牆，曲陽始終屹立不倒。

只是，下邳軍的攻擊太猛烈！以至於城上的軍卒，死傷已超過五十。

曹朋和周倉在城頭上來回奔走，大聲的呼喊，為軍卒們鼓勁。可事實上包括曹朋在內，也為下邳軍的凶猛而感到震驚。

「拋石機，彈射！」曹朋跑到馬牆垛口，衝著城下呼喊。

話音未落，一臺拋石機轟然散架。連續的拋射，已使得拋石機有些不堪重負。

「公子，興霸為何還沒有行動？」周倉一臉血汙，衝到曹朋身邊叫喊。

「周叔，不用擔心……興霸他們也要尋找機會，在時機成熟之時，自然會予以賊軍們重創。」

周倉吐了口唾沫，二話不說，轉身又跑了回去。

曹朋呼出一口濁氣，三個時辰不間斷的鏖戰，使他的呼吸中都瀰漫著一股血腥之味。從城牆角落的水桶裡舀出一瓢水，他一口氣喝乾，才使得冒火一樣的嗓子舒服許多。

「公子，小心！」

那水瓢還沒有放下，一顆礌石帶著呼嘯，從城下飛上城頭。

楚戈衝上來，把曹朋撲倒在地。礌石正砸在水桶上，偌大的水桶頓時四分五裂，水順著城頭青石的縫隙流淌，迅速和地面上的鮮血融為一體，順著水孔流淌出去。

曹朋爬起來，抹了一把臉上的泥水。

他朝楚戈笑了笑，剛要開口感謝，就聽有人喊道：「雲梯搭牆，雲梯搭牆了！」

十餘架雲梯轟的一聲靠在了城牆上！曹朋頓時感到一陣頭疼。雲梯搭牆，意味著對方已經找到了自己的破綻。戰況將從之前的遠程對射，轉換為正面的肉搏……

曹朋不怕肉搏，在曲陽狹小的城頭空間裡，下邳軍也很難堆積太多人手。可問題是，己方就那麼多人，損失一個就少一個……這對於曹朋而言，才是最頭疼的事情。

「毀了他們的雲梯！」曹朋顧不得向楚戈道謝，竄起來衝到了城牆垛口。

一個下邳兵正好探出頭來，曹朋毫不猶豫，揮刀便砍下了那下邳兵的腦袋。無頭死屍從雲梯上直直墜落，但噴濺出來的鮮血還是灑在曹朋的臉上。曹朋也顧不得擦拭，剛上前，就見一支長矛從垛口外探進來，他連忙閃身躲開，就見一名軍卒已攀著垛口縱身躍上城頭。

「先登，先登……」

城下下邳兵立刻大聲叫喊。可沒等他們喊完，一具死屍便從城上飛下來，蓬的摔落在地上，頭先著地，腦漿迸裂。

不過，有一個先登，就會有第二個先登，第三個、第四個……

「周倉，繼續放箭！」曹朋大聲喊道，旋即帶著楚戈，沿著城頭走道一路飛奔。手中大刀一次次凶狠劈斬，將試圖攔截他的下邳兵砍翻在血泊之中。大約一炷香的時間，只聽城下突然傳來轟的一聲巨響，一架雲梯折斷，十數個下邳兵從雲梯上摔落下去……

「他們不行了，給我殺！」

曹朋連忙呼喊，城上的海西軍卒頓時又鼓起了士氣。

就這樣，雙方你來我往，下邳兵衝上城頭，旋即又被曹朋帶人將他們驅趕下去；再衝上來，再趕下去。反覆拉鋸一樣，鏖戰了近一個時辰，城外的兵營中終於傳來一陣銅鑼聲響。

下邳兵，收兵了！

曹朋撲通一屁股坐在血水裡，大口的喘著粗氣。剛才的一個時辰，對他而言，無異於是一場生與死的考驗。他必須要集中精神，不敢有半分鬆懈，可是時間一長，卻令人感到莫名的疲乏。

城頭上，響起了一陣歡呼雀躍之聲，伴隨著一聲聲慘叫和哀嚎，顯得格外刺耳。曹朋鼓足氣，從血水裡站起來，重又走到城牆後，扶著垛口，舉目向下邳兵的陣營看去。不知不覺，殘陽如血……

下邳城外，瀰漫著濃濃的血腥之氣。

依照規矩，雙方會收攏死屍。在清理戰場的時候，一般是不允許發動攻擊。

當然了，曹朋也沒有那個能力發動攻擊！

輕呼了一口氣，從肺裡湧出一股血腥味，令曹朋差一點吐出來。長這麼大，他是第一次見到如此血腥的場面。清點了一下人數，這大半日，就折損百餘人！

「公子，再調上來一些人馬，如何？」

曹朋搖了搖頭，「才第一天就調撥人馬，不太合適。估計今天還沒有完，你看那些下邳狗，到現在還沒有回營。陳宮很有可能會繼續發動攻擊。」

「夜戰？」

「不是沒可能！」曹朋輕輕咳嗽了一聲，吐出一口濃痰。那濃痰裡，還帶著些血絲……

「讓大家抓緊時間休息，等下邳狗休整完畢以後，攻擊會更加猛烈。」

「喏！」

曹朋默默無語，立於城頭上。

他個頭並不算太高，但身形卻如同一根標槍似的，直直立在那裡。周圍的人看到曹朋的樣子，不知為何，頓感平靜。在剛才的血戰中，曹朋至少殺了有十幾個人，其中不乏對方的將官。

別看他年紀不大，可這身手，已使得眾人心服。

看著殘紅斜陽，將大地染成血紅色，曹朋的心裡面卻不平靜。不到一天，他與陳宮已交換勝負手數次。陳宮的下馬威，曹朋的偷營，雙方打成了平手；旋即一白晝的鏖戰，雙方又是一個平手。

接下來，該是我出勝負手了！只不知道，你陳公台又會如何化解？

「公子，文珪那邊回報過來，他們的傷亡頗大。三十餘人戰死，有近八十人已無法再戰。」

不僅是曹朋這邊承受巨大的壓力，潘璋和鄧範同樣也承受巨大的壓力。

「命王旭從西校場調一百人過去。」

「那咱們這邊？」

「暫時不徵調人手。」

「喏！」

曹朋用力擂了一下牆跺，凝視下邳軍陣營。他知道，陳宮此時一定也在軍陣中向城頭眺望。突然，他伸出手，衝著下邳軍將大拇指朝下，臉上透出一抹森冷的笑意。

他知道，陳宮一定看得見！

天還未黑，下邳軍卻燃起了火把。

斜陽，火光，還有血色的大地，使得這曲陽城更透出一股妖異和凝重韻味。陳宮一隻手緊緊抓住車欄，指關節發白，那白皙的面容上透著堅毅之色，目光裡卻顯得很凝重。

沒想到，這小小的曲陽城居然有如此韌性！

沒錯，曹朋折損了近兩百人，可是下邳軍的死傷人數同樣驚人，幾乎是曲陽的兩倍有餘。加上昨夜曹朋偷營，下邳軍死傷人數過百。

不過，對陳宮而言，這點傷亡他還能夠承受得起。八千大軍，傷亡六百，還不到一成死傷。可是曲陽的傷亡人數，已接近兩成。

看你還能堅持多久！

陳宮看不清楚曹朋做出的手勢，但是他知道，那絕不是什麼好話。

「軍師，那小子恁張狂！」呂吉催馬上前，在陳宮車旁停下，咬牙切齒道：「軍師，讓我上吧……我誓取那小賊人頭。」

「少君侯稍安勿躁。」

不管呂布是否待見呂吉，可是在人前，陳宮還是會尊呂吉一聲『少君侯』。

他笑了笑，「那小子剛打退了咱們一次，張狂難免。不過，他張狂不得多久，待他氣勢回落，少君侯再行出擊，自可將其一舉擊潰。」

呂吉聽聞，連連點頭。

陳公台還是肯為我著想……他日我若繼承家業，一定重用此人。

呂吉心裡面的這點小心思，陳宮不會理睬。看了看天色，他猛然抽出腰間佩劍，在空中舉起。

「攻擊！」

剎那間，戰鼓聲隆隆作響，喊殺聲再次響起。拋石機伴隨著嘎吱嘎吱的聲響，一顆顆礌石劃出一道道完美的拋物線，朝著曲陽城頭飛去。弓箭手齊刷刷拋射，箭矢如雨。

下邳兵卒在經過片刻的休整之後，朝著曲陽城發動了凶猛攻擊，一輛輛呂公車、一臺臺擋箭車，在戰場上行進。下邳兵躲在擋箭車後，慢慢向曲陽城牆靠攏。與此同時，城頭上再次射下密集箭雨，一團團火球從城中飛出，落在地面發出沉悶聲響。兩顆燃燒的礌石在空中撞擊，蓬……火星散開，猶如戰場上空絢爛的焰火。喊殺聲，迴盪在蒼穹裡，直令人心驚肉跳。

陳宮下令戰車前進百步停下，中軍隨之逼近曲陽。他正準備再次下令，忽聽後軍傳來一陣陣騷動聲……緊跟著，人喊馬嘶，後軍亂成一團。

「發生了什麼事情？」

「回稟軍師，有敵兵！有敵兵襲營！」傳令官匆匆跑上前來，氣喘吁吁，向陳宮稟報。

呂吉聽聞臉色大變，撥轉馬頭，摘下大戟，厲聲喝道：「兒郎們，隨我迎敵！」

「且慢！」陳宮突然喝止了呂吉，扭頭向後軍看去。

他笑了……

曹朋，此等雕蟲小技，也敢拿出來使用？我說你怎麼如此強硬，原來早已做出了安排。分兵互為犄角，想用這種方法來拖延我的攻勢，緩解曲陽的壓力嗎？哼，只可惜你手中能有多少兵馬？主力在曲陽縣城，那麼在城外的這支人馬恐怕也只寥寥而已。想憑藉那麼點兵力就要拖住我……如果你兵力能再多一些，有五千人，我勢必會感到為難，可惜……

「軍師，為何不去救援？」

「分兵之計，不過是想要緩解曲陽壓力。」陳宮冷笑道：「我偏不上當……傳我命令，命後軍布陣死守。我就不相信，他們敢強衝我大軍陣營。」

衝陣，需要極其悍勇猛將。如果是呂布或者張遼的話，陳宮肯定不敢放任不管。

他抽出寶劍，在空中一擺，厲聲喝道：「三軍繼續攻城，我只要曲陽，給我攻城，攻城！」

剎那間，喊殺聲變得越發響亮。

呂吉跨坐馬背上，扭頭向後軍看過去。他沉吟了一下，輕聲道：「軍師，要不然……我帶人過去看看？至少能夠將陣腳穩定下來。」

【曹賊　卷玖　河一天誅血戰　完】

曹賊/ 庚新作. -- 初版. --新北市：
華文網，2011.09-
冊； 公分. --(狂猖文庫系列)
ISBN 978-986-271-271-9(第9冊：平裝). ----

857.7 100014664

三國風雲之

曹賊

卷之玖

河一天誅血戰

庚新 著
超合金叉雞飯 繪

狂狷文庫009

曹賊09-河一天誅血戰

出版者■典藏閣
作　者■庚新　繪　者■超合金叉雞飯
總編輯■歐綾纖
製作團隊■不思議工作室
郵撥帳號■50017206 采舍國際有限公司（郵撥購買，請另付一成郵資）
台灣出版中心■新北市中和區中山路2段366巷10號10樓
電　話■(02)2248-7896　傳　真■(02)2248-7758
物流中心■新北市中和區中山路2段366巷10號3樓
電　話■(02)8245-8786　傳　真■(02)8245-8718
ISBN■978-986-271-271-9
出版日期■2012年10月

全球華文國際市場總代理／采舍國際
地　址■新北市中和區中山路2段366巷10號3樓
電　話■(02)8245-8786　傳　真■(02)8245-8718

新絲路網路書店
地　址■新北市中和區中山路2段366巷10號10樓
網　址■www.silkbook.com
電　話■(02)8245-9896
傳　真■(02)8245-8819

☞您在什麼地方購買本書？☜

☐便利商店＿＿＿＿＿☐博客來　☐金石堂　☐金石堂網路書店　☐新絲路網路書店

☐其他網路平台＿＿＿＿＿☐書店＿＿＿＿＿市／縣＿＿＿＿＿書店

姓名：＿＿＿＿＿地址：＿＿＿＿＿＿＿＿＿＿＿＿＿＿＿＿＿＿＿＿＿＿＿＿＿＿＿

聯絡電話：＿＿＿＿＿電子郵箱：＿＿＿＿＿＿＿＿＿＿＿＿＿＿＿＿＿＿＿＿＿＿

您的性別：☐男　☐女

您的生日：＿＿＿＿＿年＿＿＿＿＿月＿＿＿＿＿日

（請務必填妥基本資料，以利贈品寄送）

您的職業：☐上班族　☐學生　☐服務業　☐軍警公教　☐資訊業　☐娛樂相關產業

☐自由業　☐其他＿＿＿＿＿＿

您的學歷：☐高中（含高中以下）　☐專科、大學　☐研究所以上

☞購買前☜

您從何處得知本書：☐逛書店　☐網路廣告（網站：＿＿＿＿＿＿＿）　☐親友介紹

（可複選）　☐出版書訊　☐銷售人員推薦　☐其他

本書吸引您的原因：☐書名很好　☐封面精美　☐書腰文字　☐封底文字　☐欣賞作家

（可複選）　☐喜歡畫家　☐價格合理　☐題材有趣　☐廣告印象深刻

☐其他＿＿＿＿＿＿＿＿＿＿

☞購買後☜

您滿意的部份：☐書名　☐封面　☐故事內容　☐版面編排　☐價格　☐贈品

（可複選）　☐其他

不滿意的部份：☐書名　☐封面　☐故事內容　☐版面編排　☐價格　☐贈品

（可複選）　☐其他

您對本書以及典藏閣的建議＿＿＿＿＿＿＿＿＿＿＿＿＿＿＿＿＿＿＿＿＿＿＿＿＿

＿＿＿＿＿＿＿＿＿＿＿＿＿＿＿＿＿＿＿＿＿＿＿＿＿＿＿＿＿＿＿＿＿＿＿＿＿

＿＿＿＿＿＿＿＿＿＿＿＿＿＿＿＿＿＿＿＿＿＿＿＿＿＿＿＿＿＿＿＿＿＿＿＿＿

✌是否願意收到相關企業之電子報？☐是　☐否

✍感謝您寶貴的意見✍

✌From＿＿＿＿＿＿＿＿＿＿@＿＿＿＿＿＿＿＿＿＿＿＿＿＿

♦請務必填寫有效e-mail郵箱，以利通知相關訊息，謝謝♦

印刷品

$3.5
請貼
3.5元
郵票
不思議信箱
FUSIGI POST

235 新北市中和區中山路二段366巷10號10樓

華文網出版集團　收

（典藏閣－不思議工作室）

三國風雲之

曹賊

卷之玖

河一天誅血戰

庚新 著
超合金叉雞飯 繪